VIVIANE MOORE

Fauve

ÉDITIONS DU MASQUE

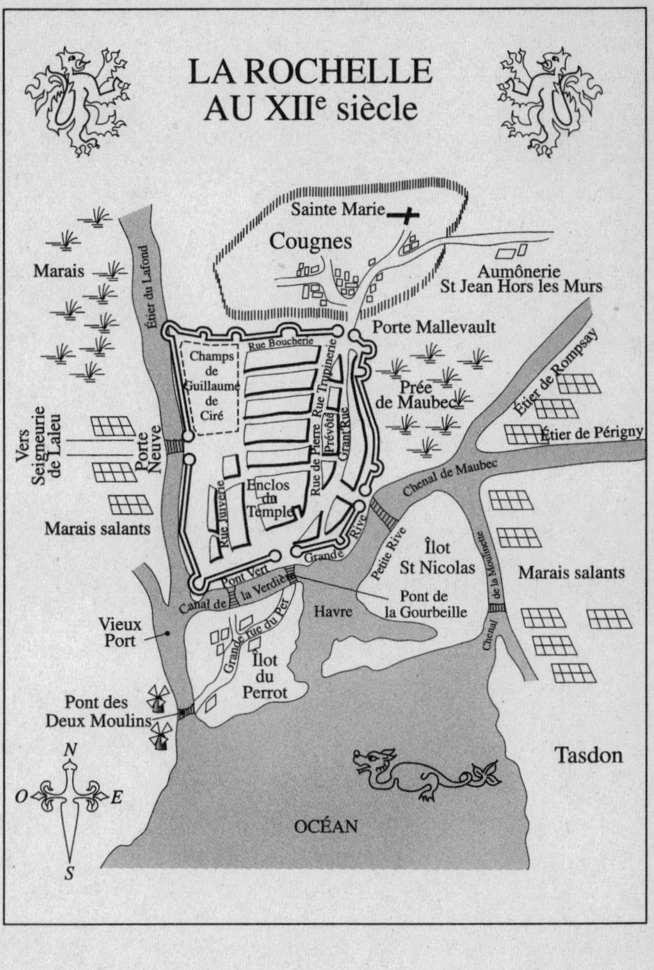

LA ROCHELLE
AU XIIe siècle
Sainte Marie
Cougnes
Marais
Aumônerie
St Jean Hors les Murs
Étier du Lafond
Porte Mallevault
Rue Boucherie
Champs
de
Guillaume
de
Ciré
Rue Trupinerie
Prée
de Maubec
Étier de Rompsay
Vers
Seigneurie
de Laleu
Porte
Neuve
Rue de Pierre
Prévôté
Grant Rue
Étier de Périgny
Chenal de Maubec
Enclos
du
Temple
Rue Juiverie
Marais salants
Grande Rive
Petite Rive
Îlot
St Nicolas
Chenal de la Moulinette
Marais salants
Pont Vert
Canal de la Verdière
Pont de
la Gourbeille
Havre
Vieux
Port
Grande rue du Per
Îlot
du
Perrot
Pont des
Deux Moulins
N
O
E
S
Tasdon
OCÉAN

À Simone et Jean,
en souvenir du Fief
ma maison d'enfance...
Ici et maintenant.

PROLOGUE

Debout devant l'autel où gisait le cadavre, il travaillait jour et nuit, juste éclairé par la lueur des torches.

La température dans le caveau était glaciale. Et pourtant, il sculptait avec acharnement comme si sa vie en dépendait. Et peut-être en dépendait-elle ? Peut-être, une fois son travail achevé, allait-on le remercier en la lui ôtant ? Pourtant, pris au jeu de son art, il continuait, cherchant dans les traits figés du mort les lignes qu'il voulait dégager.

Ombres, lumières, douceur d'une courbe, raideur, la forme émergeait lentement du bois.

Enfin, ses doigts laissèrent échapper la gouge qui rebondit bruyamment sur le dallage avant de s'immobiliser. Il se pencha pour la ramasser, mais n'y arriva pas, prenant soudain conscience du froid qui paralysait ses membres.

Les torches finissaient de se consumer, l'une d'elles s'éteignit en grésillant, rejetant le visage du modèle dans la pénombre.

Jamais il n'avait œuvré ainsi, sans l'aide du soleil pour guider sa main. Il savait qu'il ne lui restait plus beaucoup de temps. Malgré le froid, la Mort était là et insensiblement le cadavre se transformait. Il fallait en terminer.

Il se détourna à regret et gravit les marches le ramenant vers le monde des hommes. Personne ne s'aventurait dans cette partie du cimetière. C'était un lieu maudit, un lieu où dansaient les feux follets et où, en été, les lucioles dessinaient d'invraisemblables dentelles jaunes.

Il fallut un moment pour que ses yeux se réhabituent au jour.

Des mouettes survolaient le promontoire, le ciel était d'un bleu léger, presque blanc, vide de nuage. À ses pieds, l'herbe craquait, ourlée de givre.

Il était né là, sur la colline de Pélenerte, cette colline où se dressaient les murailles du château d'Alion, la forteresse aux quatorze tours. La forteresse que jamais aucun navire ne dépassait sans abaisser pavillon.

Les hommes d'armes de la porte Poitevine écartèrent leurs lances. Il pénétra dans Châtelaillon, accélérant le pas, pressé d'être rendu à son atelier, ignorant les regards des gens qui le croisaient.

Qu'était-il en train de faire ? Comme à chaque fois qu'il s'éloignait du caveau, l'angoisse le prenait. Il se traitait de fou, et pourtant, dès que ses forces revenaient, il n'avait qu'une hâte, retourner là-bas, fouiller le bois du fer de ses outils, achever cette œuvre du Diable.

Il poussa le battant et accrocha son épais mantel au clou. L'atelier sentait la sciure et la résine. Les odeurs qu'il aimait. Levant la tête de son ouvrage, son apprenti le salua avant de se retirer sur un geste impatient de son maître.

Il voulait être seul.

Il venait de se laisser tomber sur un banc, regardant devant lui sans rien voir quand il sentit derrière lui un souffle glacé. La porte s'était ouverte sans bruit. Un pas léger sur le sol de terre battue.

Il savait que c'était elle. Il ne se retourna pas, pas tout de suite.

Elle l'effrayait et le fascinait tout à la fois. Une fois de plus, il songea que ce qu'il faisait était contre nature. Et pourtant, quand elle lui avait commandé la statue, il avait accepté.

— Ses yeux, demanda-t-elle, comment allez-vous faire pour ses yeux ?

PREMIÈRE PARTIE

« Maudit soit le sol à cause de toi !
À force de peines, tu en tireras subsistance tous les jours de ta vie.
Il produira pour toi épines et chardons
Et tu mangeras l'herbe des champs.
À la sueur de ton visage
Tu mangeras ton pain,
Jusqu'à ce que tu retournes au sol
Puisque tu en fus tiré
Car tu es glaise
Et tu retourneras à la glaise. »

Genèse 3.

1

Plus de quinze ans s'étaient écoulés depuis ce jour-là... Le château d'Alion avait rendu les armes au duc d'Aquitaine, des brèches s'ouvraient dans la pierre de ses remparts. Les navires délaissaient son port pour celui tout proche de la ville neuve de La Rochelle.

Cette nuit-là, sur les bords de l'étier du Lafond, dans la brume humide de ce mois de décembre, quelque chose de terrible se produisit : un crime commis par un démon fou de douleur et d'amour. Un crime, ou plutôt une offrande à la statue de Pélenerte.

Un corps mutilé bascula dans la boue, au milieu des roseaux. Une ombre s'enfuit. Avait-elle jamais existé ?

2

Les dauphins les escortaient depuis la côte, bondissant hors de l'eau, les éclaboussant d'écume. Un vent glacé gonflait la toile. Appuyant sur son aviron, le marin orienta l'étrave vers l'île de Ré et le lieu-dit de La Prée, ses yeux se fixant un instant sur ses passagers.

Le crâne tondu, la barbe parsemée de fils gris, le visage austère, le plus âgé d'entre eux arborait sur sa cape blanche la croix du Temple. Il se nommait frère Geoffroy et était arrivé d'Orient quelques mois plus tôt, afin de rejoindre la Préceptorie de La Rochelle.

Le deuxième, Aymon, était son écuyer, enfin le troisième, un jeune chevalier breton du nom de Galeran de Lesneven, ne portait d'autres couleurs que les siennes, de gueule chargée d'une étoile de sable.

Des mouettes tournoyaient au-dessus d'eux. D'un geste rapide, le marin affala la voilure. Une dernière bourrasque les poussait vers le rivage. L'embarcation fila, achevant sa course devant un grossier embarcadère de bois où attendait un homme aux cheveux et à la barbe blonde, palefrenier du seigneur de Ré. À quelque distance de là, immobile au pied des falaises, le visage rougi par le froid, un garçonnet tenait trois petits chevaux par la bride.

Une forte odeur de varech flottait dans l'air.

La marée amorçait déjà son recul et, après un bref signe d'adieu, le marin s'éloigna rapidement du rivage. Bientôt, il ne resta plus de lui qu'une brume à l'horizon, une infime vibration. Un troupeau de phoques s'ébattait sur la grève.

— Maintenant, pour le meilleur ou pour le pire, remarqua frère Geoffroy d'une voix sourde, nous sommes prisonniers de l'île et de son seigneur.

Un chemin s'enfonçait dans la forêt de chênes verts. Après avoir remercié le palefrenier et son fils, ils s'y engagèrent et disparurent.

3

Ils avaient chevauché, serrés dans leurs mantels, courbés sur l'encolure de leurs bêtes, sous de violentes rafales. Traversant des vignes, des futaies, des landes et des marais salants, croisant des hardes de daims et de chevreuils et, ici et là, des paysans qui s'enfuyaient à leur approche.

Enfin, le chemin s'arrêta au bord d'un marécage.

Trois gibets s'y dressaient. À l'un d'eux se balançaient les restes putréfiés d'un homme, dévorés par les corbeaux. Non loin de là, sur une butte, ils apercevaient la forteresse d'Isembert III, ancien seigneur de Châtelaillon, de La Rochelle et autres lieux, seigneur de Ré.

Cerné par un fossé empli d'une eau jaunâtre, protégé par une haute palissade de pieux aux pointes aiguës, ce n'était qu'un massif donjon de bois. Sur un signe du templier, ils talonnèrent leurs montures, s'arrêtant devant le pont-levis bardé de plaques de fer.

4

Sur les marais flottaient des écharpes de brume, bien loin, derrière la barrière des dunes, retentissait le fracas de l'océan. Nul guetteur pour signaler leur présence ou répondre à l'appel du cor d'Aymon.

« *Cela fait longtemps,* songeait Galeran en essayant de contenir la nervosité de son cheval, *que je n'ai eu pareil funeste pressentiment.* » Un frisson courut sur sa nuque. Un écho lointain répondait à celui du cor, un son lugubre comme celui du glas, sauf qu'il n'y avait aucune église dans ces parages abandonnés des hommes.

L'accord mourut et il eut l'impression d'avoir été le seul à l'entendre. Il scruta les parapets où auraient dû se tenir les guetteurs et fronça les sourcils. Une ombre s'était-elle glissée entre les créneaux ? Ou bien était-ce un effet de son imagination ? Il lui avait semblé entrevoir un visage blafard, le trou noir d'orbites, des cheveux blonds dénoués.

5

Un moment passa, les bêtes raclaient la terre de leurs sabots, le brouillard s'épaississait. L'écuyer sonna à nouveau, déclamant d'une voix forte le nom de son maître et celui du Breton. Autour d'eux, la pénombre gagnait, effaçant le chemin par où ils étaient venus, laissant place au firmament, à la clarté froide des étoiles.

Puis soudain, dans un grincement de chaînes, le pont-levis s'abaissa lentement et s'immobilisa.

Ils poussèrent leurs chevaux sur la passerelle et entrèrent dans la basse cour.

Entourés par des porteurs de torches, des soldats au crâne rasé leur faisaient face en bon ordre derrière un cavalier monté sur un destrier caparaçonné.

Une masse hérissée de pointes à l'arçon de sa selle, l'homme, un géant au poil roux, le regard dur, les dévisagea avant de déclarer sèchement :

— Mon maître vous attend.

Un écuyer saisit la bride des chevaux. Le pont-levis s'était refermé.

Sur un geste de leur chef, les guerriers s'écartèrent, formant une haie qu'éclairait le halo des torches. Une servante s'approcha, leur faisant signe de la suivre.

Aucune parole ne s'échangea. La femme, tenant ses jupons levés au-dessus du sol boueux, filait d'un pas pressé. Ils aperçurent quelques pauvres cabanes, des charrettes, une grange, des écuries et se retrouvèrent bientôt dans le donjon, à l'entrée d'une vaste salle tenant lieu de cuisine et de pièce principale.

Le sol dallé recouvert de sable crissait sous leurs semelles. Aux parois étaient accrochées des lances et des épées, ainsi que la bannière déchirée des seigneurs d'Alion, « *d'azur à un chasteau d'or sommé d'une tour de mesmes à un aigle issante de gueules* ».

La salle était enfumée et sombre, juste éclairée par des torches fixées dans des cônes de fer. Une échelle de bois menait aux étages supérieurs. Assises à une longue table, des femmes cassaient des noix pour en retirer les nougeras. Au-dessus d'elles, suspendu à un crochet, un chareuil, sorte de petite coupelle emplie d'huile, diffusait une faible clarté. Assises à même le sol, des fillettes tressaient des palissons, des gèdes et des bourgnons pour la pêche aux anguilles.

Dans un angle, des tonneaux et des bottes de foin s'empilaient jusqu'au plafond. À un crochet, suffisamment haut pour que les chiens ne puissent la saisir, pendait la carcasse faisandée d'un chevreuil.

Un four occupait le mur du fond. Une vieille s'y activait, faisant cuire des galettes. Des enfants à demi nus jouaient à ses pieds.

Non loin d'elle, l'épée au côté, un homme vêtu d'un bliaud noir leur tournait le dos, assis seul devant un jeu d'eschets. À ses pieds, un lévrier qui se dressa à leur approche, les observant de ses yeux brillants.

Isembert III ne se retourna pas.

— Enfin toi, Geoffroy de Math... Pardon, frère Geoffroy, fit-il d'une voix rauque, puisque c'est ainsi qu'il faut désormais te nommer. Il y a si longtemps. Je savais que nous nous reverrions. Rien ne pouvait vraiment nous séparer, ni les mers ni les ans. Même le Diable ne le pourrait pas.

Le templier ne répondit pas. Une légère pâleur avait envahi ses traits mats, et il était impossible de deviner quelles pensées abritaient ses yeux clairs.

— Te voilà enfin revenu d'Orient pour contempler ce que tu crois être ma défaite ! poursuivit l'autre. Vous, dehors ! hurla-t-il soudain à l'attention des femmes et des enfants qui s'égaillèrent comme une volée de moineaux.

Seule la vieille qui était sourde ne broncha pas, continuant à enfourner ses galettes.

Le silence retomba. Le lévrier, les oreilles frémissantes, l'échine agitée d'un tremblement, les fixait toujours de son regard humide. Balayant les pièces d'eschets d'un revers de main, Isembert s'était tourné vers eux.

Il tenait plus du démon que de l'homme. De la racine de ses épais cheveux blancs jusqu'au menton, une profonde balafre entaillait son visage, le tranchant en deux. L'un des côtés était presque intact, l'autre, en revanche, était si couturé, les chairs si boursouflées qu'on eût dit le prince des ténèbres, le maudit, Lucifer en personne. Une orbite était vide, une blessure lui avait ouvert la bouche jusqu'à l'oreille, lui découvrant la mâchoire et les dents.

— Il eût fallu revenir plus tôt, fit sombrement Isembert en détaillant ses vis-à-vis de son œil unique. Dix ans se sont écoulés depuis cette damnée bataille contre Guillaume d'Aquitaine. Dix ans, déjà...

— J'ai appris la chute de Châtelaillon alors que j'étais en Orient, reconnut frère Geoffroy.

— Ce que tu ne peux savoir, c'est la trahison ! gronda Isembert, son visage s'enflammant. Guillaume a attaqué ma ville, ma colline de Pélenerte, par terre et par mer. Ce bâtard avait dressé ses tentes de l'église Saint-Romuald jusqu'à la porte Poitevine et de l'autre côté de cette porte jusqu'à celle des Poissons, il y avait ces traîtres, mes propres manants avec leurs barques ! Nous avons tenu trois mois, et puis, quelques jours avant les fêtes de l'Avent, il a fallu nous rendre. Nous avons encore tenu un an dans le donjon de l'Isleau, au milieu des marais de Mouillepieds. Mais ce bâtard, pire qu'un chien enragé, ne nous lâchait pas. Il a ordonné de raser l'Isleau devant moi jusqu'à ce qu'il n'en reste plus pierre, et il m'a fait conduire ici, pensant sans doute que j'y mourrai plus sûrement qu'ailleurs. Mais j'ai la couenne dure et je vivrai vieux ! Tu ne dis rien ?

— Non.

— Pourtant, n'as-tu pas souhaité ma ruine, toi aussi ? Le Diable est miséricordieux, ne trouves-tu pas ? Il a pris la vie de Guillaume d'Aquitaine et j'aime à penser que ce mécréant n'aura pas profité de Pélenerte.

Le templier ne répondit pas, sa longue cape blanche frôlant le dallage, il s'avança jusqu'à Isembert et lui tendit un parchemin roulé.

— Vous autres, pauvres chevaliers du Christ, fit le seigneur de Ré en le saisissant, ne savez donc plus qu'écrire ! Qu'est-ce encore que ceci ? Tu ne peux pas parler ?

— Un message de notre Précepteur d'Aquitaine, Guillaume Guidaugier.

— Précepteur d'Aquitaine ! Le beau titre que voilà, pour un chien couchant à la solde d'Aliénor ! Mais pourquoi t'ont-ils choisi toi, plutôt qu'un autre ?

— Tu n'as jamais fait mystère de ta haine pour notre ordre ni pour tout ce qui est de Dieu.

— Comment veux-tu que je croie en un Dieu qui m'a retiré tout ce que j'avais, et en des hommes de Dieu qui, alors que je n'étais qu'un enfant, voulaient déjà me déposséder de mes biens ! Quant à vous, templiers, je vous trouve bien trop moines et point assez chevaliers ! Plus habiles à réciter des patenôtres qu'à manier le fer.

— Le Précepteur de La Rochelle a pensé, continua Geoffroy sans s'émouvoir, que tu me recevrais plus facilement qu'un étranger.

— De toute façon, ne crois pas que je ne sache rien de ce qui se passe sur mes terres !

— Je ne crois rien, Isembert, même si La Rochelle ne fait plus partie de ton fief, pas plus que Cougnes, Fétilly ou l'île d'Aix. Tu dois te résigner.

— Me résigner moi ! (Le seigneur de Ré partit d'un mauvais rire.) Me suis-je jamais résigné à quoi que ce soit dans ma vie, et surtout à n'être pas le maître ? Contrairement à toi, je ne sais pas ce qu'est la résignation, ni le pardon.

— Qui t'a parlé de pardon ? répliqua Geoffroy si bas que seul Galeran l'entendit.

— Allez, foin de tout ça ! Viens t'asseoir ! J'ai ici, ajouta-t-il en désignant un tonnelet mis en perce, un vin qui devrait nous chauffer les sangs.

Son œil se fixa sur Galeran, puis sur l'écuyer qui pâlit.

— Qui sont ceux-là ?

— Le chevalier Galeran de Lesneven, invité de notre Commanderie de La Rochelle et mon écuyer, Aymon de Saint-Jean.

Les deux hommes s'inclinèrent, mais déjà l'attention d'Isembert se reportait sur le templier.

— De « pauvres chevaliers du Christ » comme toi ?

— Je sais le peu de cas que tu fais de notre ordre, Isembert, mais si Dieu le veut, ces hommes seront des nôtres ! *Ecce quam bonum et quam jucundum habitare fratres...* « Voici qu'il est bon, qu'il est agréable d'habiter tous ensemble en frères. »

Une vilaine rougeur empourpra à nouveau le visage d'Isembert qui se laissa tomber sur un banc en décochant un coup de pied au lévrier.

— En frères, en frères ! Pousse-toi de là le chien ! maugréa-t-il. Et toi, sers-nous à boire !

La servante, qui était restée figée près de la porte, se précipita vers le tonnelet et en tira quatre mesures de vin qu'elle porta dans de grossiers gobelets de terre.

— Va quérir Hersende et ma haute dame ! Préviens-les que ce soir, il y aura banquet en l'honneur de nos invités.

Puis il continua, se tournant à nouveau vers Geoffroy :

— Tu m'as connu dans ma splendeur. J'avais alors un autre visage et nul n'aurait osé se mesurer à moi.

— Ce temps est loin pour tous deux ! remarqua froidement le templier.

— Pas si loin que ça ! rétorqua l'autre, une singulière lueur dans l'œil. Il est des splendeurs que je possède toujours et un pouvoir que je n'ai point perdu. Tu verras.

Le templier ne répondit pas, s'approchant du four pour y chauffer ses paumes avant de prendre place sur un des bancs. Un long moment passa, pendant lequel les quatre hommes restèrent silencieux. Un bruit de pas fit grincer le plancher au-dessus d'eux.

— Ah mes dames ! Venez ! Nous parlions de vous.

Les chevaliers se levèrent. Deux femmes, tenant habilement leurs robes d'une main, descendaient l'échelle. Le seigneur leur présenta la première, bâtie toute en force, presque aussi grande que lui.

— Hersende, ma fille aînée. Sa pauvre mère Alice nous a quittés voici bien longtemps, dans la gloire de Pélenerte ! Tu l'as connue, Geoffroy.

— Il est vrai.

— Après la chute de la ville, nul n'en a voulu comme épouse, continua Isembert en donnant une bourrade à sa fille, et pourtant, crois-moi, elle accomplit plus de tâches en un jour qu'un attelage !

La femme s'inclina de sorte que personne ne put voir l'expression de son visage. Ses cheveux, séparés en deux épaisses nattes brunes, retombaient sur le tissu grossier de sa robe. Elle ne portait ni bijou ni ruban et sa mise aurait pu être celle d'une servante. Elle releva la tête et malgré ses traits disgracieux et les rides profondes qui marquaient les coins de sa bouche, ses yeux brillaient d'une flamme ardente.

— Frère Geoffroy, de la Préceptorie de La Rochelle, se présenta brièvement le templier.

— Chevalier Galeran de Lesneven, damoiselle Hersende, fit le Breton en s'inclinant à son tour.

— Nous n'avons pas si souvent de visite, messires, répondit la fille d'Isembert. Bienvenue en notre domaine de Ré.

Isembert avait tourné son visage vers la mince silhouette restée en retrait.

— Et vous, ma dame, approchez ! Messires, voici Orengarde, ma favorite. Vous auriez pu vous connaître, Geoffroy, mais le destin en a décidé autrement.

Seul Galeran remarqua la pâleur qui envahit les traits du templier alors que s'avançait la concubine.

Elle avait tant de grâce, était si mince et fine qu'on eût pu la croire encore pucelle. Ni l'épaisse fourrure qui entourait son col et ses poignets, ni la cape qui la recouvrait tout entière ne pouvait masquer la délicatesse de ses formes. Un demi-sourire figé sur ses lèvres roses, ses cheveux cendrés pris dans une résille, le visage rond : elle était enfant plus que femme.

Isembert nourrissait pour elle, c'était connu dans le pays, une passion que rien ne pouvait éteindre. Il l'avait enlevée alors qu'elle n'avait que douze ans et, bien qu'elle fût la fille d'un puissant vassal d'Aquitaine, ne lui avait jamais proposé le mariage. Plus de vingt ans s'étaient écoulés sans que ses multiples grossesses n'enlèvent rien à sa beauté.

— Asseyez-vous tous !

La servante s'activa, bientôt rejointe par d'autres qui placèrent devant eux des coutels et du pain noir.

Frère Geoffroy ne disait plus rien. Le chevalier breton observa le visage sans grâce d'Hersende, puis celui d'Orengarde. Jamais, sauf peut-être en des temps maudits[1], il n'avait tant senti la fragilité d'une femme.

---

1. Voir *La Couleur de l'archange*, Le Livre de Poche n° 14881.

Quant au jeune Aymon, le visage empourpré, il dévorait la concubine des yeux, sans que celle-ci paraisse prendre conscience de la fixité de son regard. Elle était ailleurs et pas une fois pendant le repas, elle ne parla.

6

Même si le fastueux banquet annoncé par Isembert s'avéra modeste, les poissons maigres, la viande rare et le pain dur, Galeran n'y prêta guère attention, tout à ses propres pensées. Son pays de Bretagne était si lointain. Il se souvint de l'instant où il avait prononcé ses vœux de chevalerie dans la crypte de Notre-Dame-sous-terre, au Mont-Saint-Michel. Il portait depuis lors les armes de sa famille, de gueule avec une étoile de sable.

« *N'oublie jamais l'étoile, l'étoile qui sépare la lumière des ténèbres, l'étoile du quatrième jour. Il faudra désormais, que tu saches, toi aussi, séparer la lumière des ténèbres !* » lui avait dit Otium en lui remettant son épée [1].

Il se rappela son errance, ses combats, les duels qu'il avait menés pour survivre et sa rencontre, voici quelques jours, avec Geoffroy. Sans bien savoir pourquoi, il avait suivi le templier jusqu'ici, à La Rochelle. Trop de solitude peut-être, envie de trouver des frères, et de partir vers l'Orient.

Le seigneur de Ré s'adressa à eux et l'attention du

---

1. Voir *La Couleur de l'archange.*

chevalier se fixa à nouveau sur ceux qui l'entouraient. Des jeunes filles et des femmes pauvrement vêtues les avaient rejoints, des fillettes couraient à nouveau entre les tables.

7

— Quelques-unes de mes nombreuses filles et de mes concubines, messires. Qui veut aller loin ménage sa monture, ou en prend plusieurs ! Tu vois, Geoffroy, il est encore des plaisirs qui sont miens. Je te l'avais dit.

Orengarde, le regard fixe, ne réagit pas, et aucun des invités ne fit écho à la grasse plaisanterie d'Isembert. Des servantes déposèrent des poissons séchés et des huîtres sur la table. Un quartier de chevreuil rôtissait dans le four. Le vin était rouge vif, âpre comme du cassis broyé.

À l'exception de lui et d'eux, le seul homme présent était le géant roux qui les avait accueillis à leur arrivée. Après un bref signe de tête à son maître, il s'était assis, mangeant bruyamment. De profondes rides marquaient son visage. Ses larges mains déchiquetaient les quartiers de viande dans lesquels il plantait les dents avec un évident plaisir, laissant la graisse dégouliner de son menton jusque dans les plis de sa chainse.

— Mon fidèle capitaine Guillaume Normand, le présenta Isembert. Un homme de sang, un vrai. Si j'avais eu plus de gaillards de sa trempe, jamais je n'aurais perdu ma ville !

Le silence retomba, femmes et filles mangeaient sans mot dire. Un des soldats au crâne rasé entra, murmurant quelque chose à l'oreille du capitaine qui se leva aussitôt et sortit.

Une main se posa sur le poignet de Galeran qui n'avait pu réprimer un mouvement de surprise en voyant les traits de l'homme d'armes à la lueur des torches.

— Ne soyez pas surpris, chevalier. Depuis la trahison de ses manants, mon père n'aime guère autre compagnie que celle des femmes et cela vaut également pour ses soldats. Hormis notre capitaine, il n'y a point d'homme ici. Les Rétaises sont dévouées et ne rechignent pas à la tâche, cela convient à mon père.

Galeran se tourna vers Hersende :

— Vous voulez dire que tous ces soldats aux crânes rasés...

— Sont des femmes, oui.

— Il est plutôt inhabituel de trouver une place forte défendue...

— Qui vous dit que nous ne valons pas les hommes au combat ? rétorqua Hersende avec vivacité. Et puis, Guillaume Normand est un bon chef, et je vous jure que si quelque danger nous menaçait, nous saurions nous défendre.

— Je ne doute pas de votre courage, damoiselle ! Bien des femmes ont démontré leur valeur dans la défense de leur château ou de leur ville, je trouve juste dommage qu'aucun homme ne vous ait proposé son bras et sa foi.

— Si vous maniez le fer aussi habilement que le langage, vous devez être un redoutable adversaire, remarqua froidement la fille du seigneur de Ré. Mais parlez-moi plutôt de vous. Vous désirez devenir templier ?

Alors qu'elle lui posait cette question, elle le dévisageait, scrutant la profonde cicatrice qui barrait son front, ses cheveux bruns coupés très court, ses yeux couleur de brume frangés d'épais cils noirs.

Il ne devait guère avoir plus de vingt ans, et pourtant, il dégageait quelque chose qu'elle n'avait pas rencontré souvent, un mélange de douceur et de violence. Nulle complaisance dans cet homme-là, nulle envie non plus de posséder ni de séduire.

— C'est une question à laquelle je n'ai pas encore apporté réponse, damoiselle.

Le chevalier se tut, la cicatrice de son front s'était creusée. Cadet de famille, rien ne l'attachait vraiment et pourtant, il hésitait à partir vers Jérusalem, comme si une part de son destin devait se jouer en France et non au-delà des mers.

La voix d'Hersende le ramena à la réalité. Elle murmurait :

— Si seulement, je pouvais avoir votre liberté. Je partirais de suite vers l'Orient, le plus loin possible de...

Elle se tut brusquement et le Breton ne put s'empêcher d'être fasciné par la tempête qui couvait dans ses yeux.

— Il aurait fallu pour cela que vous soyez homme, damoiselle et...

Le chevalier n'eut pas le temps de finir sa phrase, une vive rougeur avait envahi les joues de la femme. Elle se leva, le plantant là.

À l'autre bout de la table, Isembert s'échauffait.

— Le corps de son père était encore chaud qu'Aliénor me dépossédait déjà ! hurlait-il. Et maintenant, elle vous donne mes moulins ! Elle a de la chance d'être une belle garce celle-là, et j'ai toujours eu un faible pour les garces, n'est-ce pas mes mignonnes ?

Gênées par la présence des visiteurs, aucune des concubines n'osa lui répondre et le silence retomba. C'étaient toutes là de simples servantes ou des paysannes devenues ses maîtresses, des femmes qui avaient choisi la sécurité et le relatif confort du camp plutôt que la masure d'un laboureur ou d'un saunier. Des femmes solides, aux hanches larges, bien loin de la fragilité de sa favorite.

— Ne fais donc pas cette tête, Geoffroy ! Ce n'est pas parce que tu as fait vœu de chasteté que je devais faire de même, n'est-ce pas ?

Seul le silence répondit au seigneur de Ré qui reprit :

— À ton retour d'Orient, tu es passé voir ma sœur Rivaille ?

— Oui, répondit sèchement le templier.

— J'espère que ce rustre de Raoul de Mauléon sait lui donner le plaisir qu'elle mérite. Rivaille a toujours eu ma préférence. Empérie ne savait que prier, je ne suis pas sûr que même mariée, elle ne soit pas encore pucelle, d'autant que mon beau-frère Geoffroy de Rochefort est plus préoccupé de ses deniers que de cul !

— Votre neveu, Eble de Mauléon, promet d'être un homme avisé, fit le templier essayant de changer le tour que prenait la conversation.

— Un fils ! Pouah ! À quoi bon s'embarrasser de mâles alors que les femelles nous donnent tant de plaisir. Orengarde, ma chère, vous m'avez l'air bien lasse.

La jeune femme ne réagit pas, elle regardait droit devant elle et avait à peine mangé.

— Nous allons nous retirer. Messires chevaliers, frère Geoffroy, ma fille vous montrera vos appartements.

Malgré son épais mantel et ses fourrures, Orengarde se mit à trembler quand Isembert posa sa main sur son épaule. Hersende, de retour aux côtés du chevalier, baissa la tête.

— Oui, père, comme d'habitude, il en sera fait selon vos désirs.

— Nous devions parler de vos moulins de La Roch... commença le templier en se levant.

— Demain ! Ici, ne l'oublie jamais, c'est moi le maître ! le coupa Isembert, qui sortit en entraînant sa femme derrière lui.

Comme si elles avaient obéi à un signal, les concubines et les filles du seigneur de Ré se levèrent de table et sortirent de la salle basse. Les pas s'éloignèrent. Au-dessus d'eux, les planchers craquèrent. Ils étaient seuls avec Hersende.

— Voulez-vous me suivre, messires ?

8

Le templier était logé dans une des chambres du donjon, Galeran dans une des masures du camp, Aymon au-dessus des écuries.

Le jeune Breton n'arrivait pas à trouver le sommeil. Il revoyait l'expression éperdue d'Orengarde et malgré l'épaisseur de son mantel, sentait le froid lui pénétrer les os. La paillasse était trop mince, la couverture usée et le vent sifflait entre les planches disjointes.

Il resserra les plis de son mantel plus étroitement autour de son torse.

Que se jouait-il ici ? Le pressentiment qui l'avait saisi, alors qu'apparaissait la forteresse, n'avait fait que se renforcer au fil des heures. Trop de non-dits et le poids d'un passé qu'il ignorait, alourdissaient les expressions et les gestes de chacun.

Le seigneur de Ré se comportait comme un vieux cerf au milieu de ses biches, ne faisant nul mystère de sa virilité, sans rival mâle autre que ce Guillaume Normand à qui il devait bien concéder parfois une femelle. Et Hersende, Hersende et sa laideur, Hersende qui n'était rien de plus qu'une bête de somme pour son père et qui disait vouloir fuir vers l'Orient, car c'est bien de fuite qu'elle parlait.

Le Breton se leva, enfilant ses bottes de cuir souple. Il fallait qu'il marche. Peut-être resterait-il quelques braises dans la salle basse du donjon ?

La torche laissée par Hersende s'était consumée depuis longtemps et une fois la porte repoussée, une rafale de neige fondue lui glaça le visage. Il rabattit sa capuche et se glissa dehors.

La lune se cachait derrière les nuages, éclairant la cour par intermittence. Il entendait les voix des guetteurs qui allaient et venaient sur le chemin de ronde. Aucun autre bruit, rien que la plainte du vent qui hurlait le long de l'enceinte. Il s'immobilisa soudain, ce n'était pas le vent qu'il entendait maintenant, mais bien un gémissement.

DEUXIÈME PARTIE

« L'homme appela sa femme Ève, parce qu'elle fut la mère de tous les vivants.

Et Yahvé Dieu... bannit l'homme et il posta devant le jardin d'Éden les chérubins et la flamme du glaive fulgurant pour garder le chemin de l'arbre de vie. »

Genèse 3.

9

Dans la pénombre de la cabane, l'être gémit à nouveau, puis se tut. Il fixait la statue recouverte d'un linge reposant sur l'autel de pierre. La faible lueur d'une lampe à huile éclairait les offrandes qu'il venait de disposer devant lui, à même le sol : un bol empli de lait, un bouton d'hellébore, un tas de sel, un morceau de pain.

Il s'agenouilla, psalmodiant une prière. Un long moment passa ainsi, avant qu'il ne se redresse et ôte précautionneusement le linge, contemplant le visage cireux avec une infinie tendresse.

Il écarta la lampe à huile et les offrandes et, saisissant la statue, s'agenouilla à nouveau, la posant doucement sur le tissu de son mantel. Le petit corps de bois était glacé. Il fallait qu'il lui redonne vie. Il attrapa une fiole à sa ceinture et versa quelques gouttes d'un liquide jaunâtre sur ses paumes, les frottant l'une contre l'autre, enduisant le torse, les jambes et le visage, suivant le contour des joues, la courbe du nez, les paupières sous lesquelles étincelaient des yeux bleutés.

Il se réchauffait, il sentait la chaleur du bois sous ses doigts, il baisa la bouche entrouverte, glissant sa langue entre les lèvres, guettant un souffle tiède qui répondrait au sien.

Il allait revivre.

Il savait qu'il allait revivre.

Mais non, rien ne vint, la chaleur avait quitté le bois. Une plainte s'échappa à nouveau de ses lèvres. Aucune vie. Juste le reflet de la veilleuse dans les pupilles translucides.

10

Une porte, ou un volet, claqua quelque part dans le camp. Il y eut un bruit de clef, des pas légers sur le sol. La lune disparut derrière les nuages. Le gémissement retentit à nouveau, lugubre, tout proche. Jamais il n'avait entendu pareille plainte, sauf peut-être dans les charniers où agonisent les mourants.

L'être devait se diriger vers le donjon. Il allait le voir apparaître d'un instant à l'autre. Retenant son souffle, Galeran resta immobile, resserrant ses doigts sur la garde du coutel glissé à sa ceinture. Il n'y avait plus qu'un glissement, comme si la créature rampait sur le sol.

Malgré lui, des souvenirs de veillées lui revinrent. Les démons, dragons et goules qui hantent la nuit, les serpents monstrueux, les bêtes à l'haleine de sel ou de flamme. Il se recula un peu, sortant son poignard. Mais rien ne se passa, l'autre quel qu'il fût, spectre, homme ou animal fabuleux, avait disparu.

Poussant malgré lui un profond soupir, il attendit un moment, puis s'avança. La lune sortit de derrière les nuages, illuminant le donjon, l'esplanade déserte, les maisonnettes aux volets clos.

L'appel de la relève retentit. À force de fixer les ombres de la cour, les yeux le piquaient.

Il fit demi-tour, revenant lentement sur ses pas, refermant le vantail et poussant sa paillasse contre. Quelques minutes plus tard, il dormait d'un sommeil profond, son épée posée le long de son corps.

11

Ce matin-là, à quelques lieues de l'île de Ré, des hérons cendrés s'envolèrent devant deux frères qui, leur sac à l'épaule, partaient relever des collets le long de l'étier du Lafond. L'étier s'étirait à l'ouest de la ville neuve de La Rochelle et de ses marais salants.

Les premières lueurs de l'aube jetaient une clarté diffuse sur l'herbe festonnée de givre et les plaques de glace translucide des berges.

Ils marchaient d'un bon pas sur le sol durci, quand ils l'aperçurent, ou plutôt quand ils aperçurent deux pieds nus dépassant d'entre les tiges desséchées des roseaux.

Ils s'arrêtèrent net. D'où ils se tenaient, ils ne pouvaient pas voir grand-chose, mais bien assez tout de même pour se rendre compte que malgré le froid, l'autre ne bougeait pas plus qu'un caillou. Et puis, il y avait la petite mare qui avait gelé autour, une mare à la couleur aussi vive que celle des vitraux de Notre-Dame de Cougnes, un beau rouge, un rouge sang.

L'un des gars fit mine de s'approcher, le second le retint par la chainse, secouant la tête et marmonnant :

— Non ! Il est trop tard.

— Mais...

— Viens !

Il était l'aîné et ses ordres ne se discutaient pas. Le cadet obtempéra et ils repartirent, s'enfonçant plus avant dans les marécages, disparaissant bientôt entre les herbes hautes.

Le cadavre aurait pu rester là encore longtemps, l'endroit n'était pas si fréquenté si, quelques heures plus tard, un enfant n'était passé avec son chien.

L'animal donna l'alerte à son jeune maître qui se précipita pour voir quelle bête il avait dénichée. Le chien grondait et pleurait tout à la fois, grattant la terre durcie de ses griffes.

L'enfant examina les pieds qui dépassaient d'entre les herbes, puis se laissa glisser dans la boue de la berge, essayant de voir le reste. Il ressortit presque aussitôt, s'éclaboussant de bile avant de détaler, son chien sur les talons.

12

La première chose que fit Galeran en se levant fut d'essayer de trouver quelques traces de ce qui s'était passé pendant la nuit.

N'avait-il pas rêvé ? La plainte nocturne, n'était-elle pas l'écho de ses cauchemars ?

Le visage et les mains piqués par le froid, il s'étira sur le seuil, regardant autour de lui.

Les portes étaient grandes ouvertes. Le soleil matinal éclairait la cour, diluant les dernières ombres, faisant fondre la gelée qui s'accrochait aux herbes. Des femmes lavaient du linge dans de grands bacs en bois, des cochons fouillaient des tas d'immondices au pied du donjon. Tout semblait normal et pourtant...

Le vent venait de la mer, charriant des odeurs de sel et d'algue. Il ajusta son mantel et partit entre les masures. Quelques gouttes de cire maculaient le seuil de l'une d'elles, à la porte restée close. Il tenta en vain de l'ouvrir.

— Eh bien, chevalier, que faites-vous ici ?

Le ton était peu amène. Le jeune homme se retourna et se trouva nez à nez avec Hersende, vêtue d'un pourpoint, de braies et de bottes cavalières, un coutel à la ceinture.

— Ah, damoiselle, bien le bonjour, je crois avoir entendu appeler cette nuit. Il me semble que cela venait de cet endroit.

— Appeler ? Qui voulez-vous qui appelle ici et pourquoi ? Vous avez rêvé.

— Peut-être, pourtant... fit-il l'air dubitatif. À quoi sert cette maison ?

— À rien de spécial et certainement pas de prison. Mon père, comme vous l'avez pu voir à nos gibets, ne s'embarrasse guère. Sa justice est prompte et sans appel ! Venez, nous avons assez perdu de temps.

— Damoiselle ?

— Oui.

— Vous arrive-t-il parfois de quitter cette île ?

— Pourquoi cette question ? fit Hersende en haussant les sourcils.

— Peut-être vous imaginais-je recluse ici par la volonté de la reine Aliénor, ou par celle du seigneur de Ré.

— Non, le seul vrai reclus est mon père. Quant à moi, je vais à La Rochelle, pour l'approvisionnement et les ventes de vin ou de sel.

— J'aurai donc sans doute le plaisir de vous y croiser.

— C'est peu probable, rétorqua sèchement la femme en tournant les talons.

13

Des éclats de voix provenaient de la pièce commune. Debout près du four, frère Geoffroy et Isembert étaient en grande discussion. Un peu à l'écart, assis sur un banc, Aymon les observait avec nervosité.

L'attitude du vieux seigneur avait changé. La feinte amabilité de la veille s'était envolée.

Sa voix était dure, véhémente et ses traits encore plus marqués à la lumière crue du matin.

Un bref instant son œil valide injecté de sang se posa sur les nouveaux venus, puis bien vite se reporta sur son vis-à-vis.

— Il était de notre devoir de vous avertir du don que nous a fait la reine Aliénor des deux moulins sis à l'embouchure du Lafond, disait le templier.

— C'est fait, nous n'avons donc plus rien à nous dire, remarqua sèchement Isembert. Partez maintenant !

— Un de nos moines a fait copie de sa donation. La voici, fit Geoffroy en sortant d'une sacoche un vélin roulé noué d'un mince ruban rouge.

Isembert le prit et le laissa tomber sur le dallage à ses pieds.

— Dois-je te remercier ou la remercier ? Vous me

volez mes biens et tous vos papiers n'y feront rien. Alors finissons-en ! Ce ne sont là affaires que de marchands et je suis homme de guerre comme tu l'étais jadis.

— Nous allons nous retirer, répondit le templier, s'efforçant de conserver son calme face à cette attitude méprisante. Une dernière chose, toutefois : une servante m'a annoncé que dame Orengarde était souffrante. Pouvons-nous aider de quelque façon ? Nous avons dans nos sacoches des remèdes...

— On vous a dit ça ? le coupa Isembert d'une voix grinçante. Qui ? Qui a osé vous parler ?

— Une servante, mais en quoi cela a-t-il de l'importance ?

— Cela en a, tonna le vieux seigneur, je saurai qui c'est, et elle sera chassée !

— Elle croyait bien faire et, je te le répète, nous avons des remèdes qui peut-être pourront soulager ta dame.

— Elle n'a besoin d'aucun remède et surtout pas venant de toi ! Ma concubine est simplement fragile, trop fragile même pour être chevauchée par un vieux taureau comme moi, mais c'est ainsi qu'elle me plaît. (Un mauvais sourire tordit ses lèvres et c'est d'un ton doucereux qu'il ajouta :) Ah, Geoffroy, tu ne sais pas à quoi tu as renoncé en prononçant tes vœux.

— Il suffit ! s'écria frère Geoffroy. J'ai trop longtemps, par égard pour l'homme que tu étais, toléré tes railleries.

— Oh, regardez comme il est, dès qu'on parle femelle, observa l'autre.

Nouant les attaches de sa longue cape blanche, frère Geoffroy se tourna vers son écuyer et vers le chevalier breton.

— Aymon, allez chercher les chevaux ! ordonna-t-il. Sire Galeran, nous partons ! Nous n'avons plus rien à faire ici.

— Tu perds ton sang-froid, continua Isembert. Ai-je énoncé une vérité que tu ne supportes pas ?

— Je suis prêt, mon frère, fit Galeran en posant la main sur le bras du templier.

Leurs regards se croisèrent et les doigts de Geoffroy abandonnèrent la garde de son épée.

— Et si je vous empêchais de partir ? N'oubliez pas que vous êtes sur mes terres et que vous montez mes chevaux.

La tension entre les deux hommes devenait difficile à maîtriser, et Galeran sentit qu'il fallait s'interposer. Il s'inclina avec courtoisie devant le seigneur de Ré.

— Permettez-moi de vous remercier pour votre hospitalité, sire Isembert, et pour le soin qu'a pris damoiselle Hersende, votre fille, de nos personnes.

Partagé entre sa rancœur et l'étonnement de voir se dresser entre lui et le templier ce jeune chevalier auquel il n'avait guère prêté attention la veille, Isembert le toisa un moment, puis se tourna à nouveau vers Geoffroy. L'homme n'était point bête, il savait que sauf à voir débarquer les templiers sur son domaine, il ne pouvait séquestrer l'un d'entre eux. Ce jeune Breton lui donnait l'occasion de retourner la situation à son avantage, ce qu'il fit aussitôt.

— Tes hommes sont plus malins que toi, observa-t-il. (Puis avec un geste de la main, il rugit :) Tu es libre, mais ne reviens jamais sur cette île, ou par le Diable, puisque ton ordre de mécréants t'a laissé une épée, je verrai si tu sais encore t'en servir !

14

Alors qu'ils chevauchaient côte à côte vers La Prée, précédés par Aymon, Guillaume Normand et Hersende, Geoffroy se tourna vers le chevalier.

— Merci Galeran, ce vieux fou allait me faire perdre mon sang-froid. Il est au bout du chemin et pourtant, il mord encore cruellement ! Difficile d'imaginer, en le voyant dans ce pauvre camp retranché, quel seigneur il a été.

— Châtelaillon était si puissante que cela ?

— Oh oui. Plus encore que vous ne le pouvez penser. Mais Isembert était trop assoiffé de pouvoir. Il convoitait les deux plus grandes abbayes de l'Ouest, Saint-Maixent et Saint-Jean-d'Angely, ne respectant aucun traité, volant des terres, attaquant des salines... Il a été excommunié, comme son père et sa mère avant lui. Son drame a été de ne jamais faire confiance à personne, pas même à sa propre descendance !

— Que voulez-vous dire ? Je ne lui ai vu aucun fils.

— Pour la bonne raison qu'il n'a que des bâtardes ! S'il mourait aujourd'hui, les seuls à pouvoir se réclamer de lui seraient son beau-frère, le seigneur de Rochefort, et son neveu, Eble de Mauléon.

Geoffroy marqua un temps, puis reprit d'une voix sourde :

— J'étais en Orient quand j'ai appris la chute du château d'Alion. Un singulier retour des choses. À force de ne croire en rien et de mépriser sa propre mesnie, il n'est pas un seul de ses féaux pour s'être porté à son secours pendant le siège...

Le templier s'interrompit, talonnant brusquement sa bête pour prendre la tête de la petite troupe.

15

La barque les attendait au même endroit que la veille. Hersende s'installa à la proue et, après quelques mots au capitaine d'armes, garda le silence. Enveloppée d'un ample mantel, elle regardait droit devant elle, des mèches folles s'échappant de ses longues nattes.

Assis sur le banc de nage, le marin empoigna les avirons, les armant d'un coup sec du plat de la pelle sur l'eau pour quitter la rive.

Tout en observant ses compagnons, Galeran songeait à Orengarde et à la haine qui opposait Isembert à Geoffroy. Il n'eut pas le loisir d'y réfléchir davantage. Ils s'approchaient déjà de la côte que des nappes de brume masquaient à la vue. Le vent d'ouest les poussait vers les falaises et le port de La Rochelle.

Tout près, si près qu'on eût juré que le bruit venait d'eux, retentit soudain l'appel puissant d'une corne.

Le marin jura, poussant d'un coup sa gouverne. Guillaume Normand s'était précipité vers lui, appuyant de toutes ses forces pour l'aider.

Les yeux d'Hersende s'agrandirent de terreur.

Un mufle de métal et la coque effilée d'un long bateau toutes voiles dehors déchira le brouillard à quelques toises à peine de leur embarcation.

Des avirons plongeaient en cadence dans l'écume. Ils entendaient le halètement des rameurs.

Debout sur l'éperon, un pilote criait ses ordres pour l'entrée dans la rade. Le navire les dépassa, le remous soulevant dangereusement la barque. La silhouette noire s'éloigna et le brouillard se dissipa d'un coup.

Ils voyaient maintenant les remparts de La Rochelle et au-dessus des toits de la ville, le clocher de Notre-Dame de Cougnes.

Devant eux, la galée obliqua vers tribord, se dirigeant vers les quais de la Grande-Rive, où accostaient les bateaux de plus de dix tonneaux et les gabares descendant le Maubec. Le canot prit vers l'îlot du Perrot, dépassant les moulins templiers dont les ailes blanches signalaient l'entrée de l'étier du Lafond.

Le marin affala la voilure, se glissant avec habileté dans le chenal, avant de s'approcher des quais, lançant un cordage à un gamin qui le noua prestement à l'un des anneaux.

À côté d'eux, des hommes déchargeaient du poisson d'une yole. Un aubergiste, vêtu d'un long tablier de toile, discutait tarif et comptait les pièces qu'on déposait devant lui.

Un peu plus loin, des charpentiers et des maçons s'activaient à la construction d'un entrepôt.

À peine à terre, Hersende donna ses ordres à Guillaume Normand, ajusta la capuche de son mantel et, après un bref salut, disparut dans la foule qui se pressait sur la grande rue du Perrot, vers le pont de la Gourbeille.

16

Dans les ruelles étroites, bordées de maisons de torchis, des marchands ambulants criaient : « *Et des pâtés tout chauds, mes enfants, n'en voulez-vous ?* », « *Qui veut quartier d'ignâ, quartier d'agneau ? À la fraîche, à la fraîche.* » Les passants marchandaient, plaisantaient, achetaient des sardines, des galettes tièdes, des fromages de chèvre, des oublies. Des étals de drapiers, d'orfèvres, de tanneurs, s'alignaient sous des enseignes de métal et de bois.

Aux abords de l'enclos du Temple, un attroupement barra le passage aux trois hommes. Venant de la Porte Neuve, une patrouille commandée par un sergent remontait vers la prévôté. Ce qui attirait les badauds, ce n'étaient pas les soldats, mais la civière recouverte d'un drap qu'ils portaient.

Les commentaires allaient bon train et l'on entendait tout et son contraire. Les gens se donnaient des coups de coude, assurant qu'ils savaient qui était sous le linceul, qu'un cousin leur avait dit, que leur voisin avait vu...

— C'est une gamine, murmura un vieil homme.

— Un accident ? fit un autre, un gaillard habillé de l'épais tablier de cuir des forgerons.

— Non, un crime de sang.

— Et alors, des crimes de sang, qu'est-ce qu'on en a à faire ! T'es sûr que c'est pas encore des pêcheurs ?

— Je te dis que c'est une fille ! protesta le vieux.

— Mais non, il paraît que c'est un jeune gars avec son chien, rétorqua une grosse femme qui essaya de toucher le drap et qu'un des soldats repoussa rudement du bois de sa lance.

— Mais non, fit une autre voix, c'est un enfant avec son chien qui a trouvé le cadavre de la jeune fille le long du chenal.

— Et moi, je dis...

Geoffroy, qui depuis qu'il avait quitté l'île n'avait pas ouvert la bouche, parut soudain revenir à la réalité. Depuis leur installation dans la ville, quelques années auparavant, les templiers tout comme les hommes du prévôt assuraient la sécurité des hommes et des biens et même si les chevaliers du Christ se préoccupaient davantage des routes et du port, il n'en demeurait pas moins qu'ils rendaient des comptes au viguier, représentant de la reine Aliénor dans la ville.

Le sergent s'arrêta devant la haute stature du templier et le salua respectueusement.

— Que se passe-t-il, qui portez-vous là ?

— Une jeune fille tuée à coups de coutel.

— Dans nos murs ?

— Non, le long du Lafond, sur le chemin des marais. C'est un gamin qui a trouvé le corps.

— Je vous accompagne à la prévôté. (Geoffroy se tourna vers son écuyer.) Aymon, rentrez à la Commanderie prévenir le précepteur. Dites-lui que je lui ferai mon rapport dès mon retour. Galeran, vous venez ?

— Volontiers.

Sans mot dire, Aymon s'était incliné, puis avait disparu dans la cohue. Les deux hommes suivirent la troupe jusqu'à la prévôté, édifiée non loin de l'enclos du Temple sur la Grant'Rue menant à la porte Mallevault et à Cougnes.

Sur un ordre du sergent, les hommes en faction écartèrent leurs lances et la patrouille pénétra dans une cour, où le prévôt Nicolas de Ciré surveillait l'entraînement au bâton de paysans et de bourgeois.

17

Vêtu d'une broigne cloutée, petit et robuste, le cheveu et l'œil noir, Nicolas allait et venait, encourageant les combattants de la voix et du geste. Bien que fils de notable, c'était un homme de sang. Il avait combattu Isembert et, malgré sa jeunesse, s'était vu confier la prévôté par Saldebreuil de Sanzay, homme de confiance du duc Guillaume, connétable de la reine Aliénor.

Il avait toute la confiance du viguier nommé par la reine et s'était attelé avec lui à l'organisation de la ville, faisant démolir l'ancienne forteresse, récupérant les moellons pour édifier les remparts de la ville neuve et les quais, veillant à la construction d'un pont-levis reliant la ville à l'îlot du Perrot, de nouvelles passerelles enjambant les chenaux. Bâtiments et rues sortaient de terre. Il n'était pas un endroit dans la ville neuve où ne s'activaient charpentiers et maçons, pas un où ne sonnaient marteaux, scies, burins et maillets.

18

La patrouille se rangea en bon ordre dans la cour où se dressaient deux bâtisses, l'une de pierre aux fenêtres en meurtrières, l'autre de bois et de torchis, servant de grange, d'écurie et de réserve à bois.

— Portez le corps à la salle d'armes et cherchez-moi le frère infirmier à l'aumônerie Saint-Jean ! ordonna Nicolas.

Les hommes se dirigèrent vers le bâtiment principal. Un ordre militaire régnait ; le sol de la cour était balayé, les armes graissées, rangées en faisceau le long des murs, les cuirs et les tissus entretenus.

Le prévôt ne plaisantait pas avec la discipline et ses hommes lui obéissaient sans rechigner. Il veillait aussi à ce qu'ils mangent à leur faim, qu'ils aient des vêtements chauds et n'aillent pas pieds nus.

— Ah, frère Geoffroy, fit-il avec un large sourire, cela fait plaisir de vous voir. On m'a dit que vous étiez à Ré, rencontrer Isembert. Comment va le vieil ours ? Toujours aussi combatif ?

— Je vois que vous êtes bien informé, Nicolas ! Oui, plus que jamais. Permettez-moi de vous présenter mon compagnon, le chevalier Galeran de Lesneven.

— Bienvenue chez nous, chevalier. (Son regard vif scruta le Breton.) Je crois vous avoir déjà aperçu dans notre ville.

— C'est possible, sire prévôt. Bien que je ne sois guère, jusqu'à présent, sorti de l'enclos du Temple.

La cour résonnait des cris des combattants et du choc des bâtons. Un homme tomba en gémissant dans la poussière, du sang coulant de son nez fracassé.

— Venez, nous serons plus tranquilles à l'intérieur.

Le sergent s'approcha.

— J'ai envoyé un de nos hommes à Saint-Jean, la patrouille attend vos ordres.

— Qu'ils repartent ! Mais sans vous, j'ai besoin de vous poser quelques questions.

— Bien, sire prévôt.

À l'intérieur de la grande bâtisse de pierre, les meurtrières étaient si étroites qu'il fallait des torches pour éclairer la salle d'armes. Les soldats avaient posé la civière sur une table et attendaient à côté. Des serviteurs nettoyaient le dallage.

— Tout le monde dehors ! ordonna sèchement le prévôt.

Les hommes s'empressèrent d'obéir. Le silence retomba. Ils étaient seuls. Nicolas fixait intensément la forme qui se dessinait sous le drap. Enfin, il souleva doucement le tissu, faisant apparaître la dépouille d'une fille pauvrement vêtue d'une chainse de toile déchirée. Elle ne devait guère avoir plus de quatorze ou quinze ans. Des traînées sanglantes barbouillaient son visage d'un gris de cendre, des touffes de cheveux blonds avaient été arrachées de son crâne. Les joues et le front étaient lacérés de coups de couteau, quant au buste, au ventre et aux jambes, une multitude de plaies profondes les entaillaient. Le visage tout entier exprimait la douleur et une terreur sans nom.

Frère Geoffroy et Galeran s'étaient approchés. Le prévôt, dont les traits s'étaient contractés, murmura :

— Celui qui a fait ça est un fou, ou un démon. (Puis, plus haut :) Où était-elle, sergent ?

— Sur les berges du Lafond, bien après l'enceinte, dans les marais.

— Avez-vous remarqué quelque chose de particulier ? Il devait y avoir des traces.

— Non. Je n'ai rien vu d'autre que des roseaux cassés. Le sol était encore gelé, ses cheveux traînaient dans l'eau. Mes hommes ont marché tout autour et puis, avant nous, il y avait eu le gamin...

— Bien, allez surveiller l'entraînement dans la cour et faites entrer l'infirmier dès qu'il arrivera.

Une fois le sergent parti, le prévôt resta sans rien dire, marchant l'air soucieux, à grandes enjambées nerveuses devant la table où reposait le corps.

— Qu'y a-t-il Nicolas ? À quoi songez-vous ? demanda Geoffroy.

— À quelque chose qui ne me plaît guère et qui vient de me revenir. Vous le savez, ici, les hommes sont rudes, ils ont le sang prompt à s'échauffer et les crimes de sang sont nombreux. Il est plus rare de trouver des femmes ou des filles assassinées. Et pourtant...

J'ai déjà eu un cadavre comme celui-ci, il n'y a pas si longtemps. C'était au moment des grandes marées, rappelez-vous... Un dauphin s'était échoué sur la Prée de Maubec.

— Je ne me souviens pas.

— Peut-être n'étiez-vous pas encore arrivé à La Rochelle. En tout cas, moi, je m'en souviens et je n'ai jamais trouvé l'assassin.

— Où était le corps ?

— Sur la Grande Rive, caché par des rouleaux de cordages. C'est un marin qui nous avait prévenus.

— Mais pourquoi cela vous rappelle-t-il ce crime ? insista Geoffroy. Uniquement parce que la victime était une femme ?

— Pas seulement.

Galeran jeta un coup d'œil rapide au cadavre, et demanda :

— Était-elle aussi jeune ? Avait-elle le même type de blessures et était-elle blonde, comme celle-là ?

— Attendez... Oui, elle était un peu plus vieille, mais l'arme était un coutel et vous avez raison, elle était blonde. Qu'est-ce que ça veut dire ?

— Nous le saurons, Nicolas, fit le templier en jetant un coup d'œil surpris au jeune Breton. Qui était la première victime ?

— La fille d'un orfèvre de la Grant'Rue. Quant à celle-là, nous allons essayer de trouver ses parents. (Il examina la pauvre chainse de toile.) C'est sans doute une fille de saunier ou de pêcheur.

— Les filles d'ici sont plutôt de belles brunes, bien campées, objecta simplement le chevalier.

— Oui... Oui, peut-être fait-elle partie des nouveaux

venus qui se sont établis sur le champ de mon père, près de la Porte Neuve.

— Si vous le permettez, Nicolas, j'aimerais vous aider, fit Geoffroy et je crois que le chevalier de Lesneven est, lui aussi, disposé à nous prêter main-forte.

Le jeune prévôt n'avait guère d'hommes ; à peine assez pour assurer la garde des portes, alors que chaque jour, arrivaient de nouveaux marchands, des artisans, des travailleurs attirés par les libertés et les privilèges de la ville neuve.

— J'accepte, décida-t-il.

Un léger bruit de pas, à peine un glissement, les fit se retourner. Un moine au teint rouge et dont l'embonpoint tendait le tissu de sa robe de bure, entrait dans la pièce.

— Ah, frère Itier, fit le prévôt, content de vous voir !

— Je ne peux pas en dire autant ! grommela l'autre, cherchant du regard ce pour quoi on l'avait fait appeler. Jamais on ne m'appelle pour une noce !

Malgré la gravité du moment, un semblant de sourire s'esquissa sur les lèvres du prévôt qui repartit avec sérieux :

— Il est vrai, mon frère, mais j'y songerai si je prends femme. Je vous en fais promesse.

Le moine s'était dirigé vers le corps, se signant et marmonnant une prière dont nul ne saisit les paroles.

— Nous avons trouvé cette enfant dans les marais, sur les berges du Lafond, reprit le jeune prévôt. J'aimerais votre avis sur ses blessures.

Frère Itier observa le corps sans le toucher, faisant le tour de la table, se penchant puis se redressant à plusieurs reprises, enfin, il ferma avec douceur les yeux de la jeune fille :

— Elle a assez vu la cruauté des hommes.

Itier n'ajouta rien. Il semblait perdu dans de sombres pensées où nul autre que Dieu et lui n'avaient part. Enfin, il se tourna vers le prévôt :

— Observez ces minces anneaux bleutés autour de ses poignets. Elle a été attachée avant d'être mise à mort. Le fer qui l'a blessée était fort long et effilé. Le meurtrier a commencé par son visage, et devait la maintenir par les cheveux, d'où les touffes arrachées. Malgré ses liens, elle a dû se débattre. Je pense qu'elle est morte à ce moment-là. Avant qu'il ne s'en prenne à son corps. Les blessures ne sont pas de même nature, plus profondes, plus nombreuses. (La voix du moine était devenue presque inaudible.) Dieu lui pardonne ! ajouta-t-il.

— Dieu pardonne, c'est son métier ! déclara Nicolas avec force. Pour moi, je ne pardonnerai pas.

— Sire prévôt, me permettez-vous de poser quelques questions à frère Itier ? demanda Galeran.

— Je vous en prie.

— Quand pensez-vous qu'on l'ait tuée, mon frère ?

— Difficile à dire. Depuis quelques jours, le sol s'est durci, l'eau gèle et le soleil ne chauffe plus. On l'a découverte ce matin, mais il se peut qu'elle ait passé deux nuits sur les berges du chenal. Cependant, il n'y a nulle trace de morsures animales.

— Encore une chose, aviez-vous examiné le cadavre de la fille de l'orfèvre trouvé l'an dernier ?

— Oui.

— Pensez-vous que l'arme utilisée soit la même ? Et, si vous vous en souvenez, existe-t-il une différence entre leurs blessures ?

— Il y avait des lacérations sur son visage, mais ce n'était en rien comparable avec ce qu'a subi cette enfant. (Une ombre passa sur le visage lunaire du religieux.) Que cherchez-vous donc, chevalier ?

— Peut-être à savoir s'il s'agit du même démon.

— Si c'est lui, il faudrait le trouver rapidement, car son malheur grandit bien vite...

Le moine n'essaya pas d'expliquer ses énigmatiques paroles, il s'était tourné vers Nicolas :

— Le corps de cette enfant a besoin de nos soins, et son âme, de nos prières. Pouvez-vous la faire porter à l'aumônerie ? Les femmes la nettoieront, puis nous l'installerons dans la chapelle.

— Oui, mon frère ! Je vais essayer de trouver les siens, ensuite, vous pourrez la mettre en terre.

Le moine hocha la tête et s'en alla aussi silencieusement qu'il était venu, la semelle de ses sandales effleurant à peine le dallage. Le regard du templier fouilla celui du Breton.

— Vous pensez donc qu'il n'y a qu'un seul homme derrière tout cela ?

— Ce que vient de dire le moine le confirme, surtout les plaies au visage, mais il ne faut pas aller trop vite en besogne.

— Vous semblez avoir déjà rencontré semblable situation.

— Semblable non, mais sans doute tout aussi tragique.

— Vous n'avez jamais fait allusion à cela, remarqua Geoffroy.

Le jeune chevalier ne réagit pas, ses pensées l'entraînaient bien loin des corps suppliciés vers les cadavres de ceux qu'il avait aimés [1].

---

1. Voir *La Couleur de l'archange.*

19

Des quatorze tours de Châtelaillon, il n'en restait plus que sept. Sur l'éperon rocheux dominant le havre où jadis s'abritaient les bateaux, se dressaient encore les remparts du puissant château d'Isembert et de la tour de l'Aigle.

Nombre d'habitants avaient abandonné Pélenerte pour rejoindre La Rochelle, mais la ville conquise rêvait encore à sa gloire passée. Les cloches de l'église Saint-Romuald égrenaient les heures avec lenteur. Au pied des falaises rugissait l'océan.

Dans le cimetière, parmi les croix de pierre, les stèles et les herbes folles, marquant l'emplacement de tombeaux oubliés, poussaient deux rosiers...

TROISIÈME PARTIE

« L'homme connut Ève sa femme, elle conçut un enfant et enfanta Caïn et elle dit :

"J'ai acquis un homme de par Yahvé."

Elle donna aussi le jour à Abel, frère de Caïn. »

Genèse 3.

20

Hersende se hâtait. Elle n'avait guère de temps et, comme à chacune de ses visites à La Rochelle, ne voulait point regagner Ré sans l'avoir vu.

Il habitait rue de la Taupinerie, tout en haut de la ville, près de la porte Mallevault, un endroit nauséabond où se pressaient les unes contre les autres des tanières qui n'avaient rien à envier à celles des renards et des loups.

Vivaient là des prostituées mais aussi des miséreux, des vieillards, des femmes et des enfants ayant perdu mari, frère ou père dans la fureur des tempêtes. La rue était boueuse, des immondices s'amassaient entre les baraques. Hersende s'arrêta devant l'une d'elles, construite en bois flottés. La porte était entrebâillée.

Elle allait la pousser quand une vieille femme jaillit de l'ombre, frappant son épaule de sa main décharnée. Hersende réprima un frisson quand son regard croisa celui de la vieille. L'impression qu'elle savait tout, qu'elle voyait à travers elle.

Elle se reprit, mais l'autre, debout dans sa chainse rapiécée, les pieds nus dans la fange, se mit à chanter une comptine d'une voix enfantine. Une comptine qu'elle connaissait pour l'avoir entendue, ailleurs, dans une autre vie, sur la colline de Pélenerte :

— « *Quinquin, quincaille,*
Le roi des papillons,
En se faisant la barbe,
S'est coupé le menton.
Uni, une aile,
Des figues nouvelles,
Du raisin doux,
Ti choux... »

— Il suffit la vieille ! Qu'est-ce que tu veux à la fin ? fit nerveusement Hersende.

— Ta jeunesse, la belle ! Tu m'la donnes ? T'en as bien perdu, mais t'en reste plus qu'à moi. « *Quinquin, quincaille.* » Il est là, fit la pauvresse en ricanant. Tu te souviens la belle ? « *En se faisant la barbe s'est coupé le menton.* » Auriez pas un petit queque' chose pour moi dans votre besace ?

— Non ! Mêle-toi de tes affaires la vieille ! gronda Hersende en la repoussant rudement.

— « *Quinquin, quincaille,*
Le roi des papillons,
En se faisant la barbe,
S'est coupé le menton... », répéta la vieille avec hargne, puis elle se tut d'un coup et se détourna. Disparaissant à nouveau dans l'obscurité de la venelle.

— « *En se faisant la barbe,*
S'est coupé le menton... », la voix s'éteignit tout à fait. Elle était partie.

Hersende attendit encore, réprimant à grand-peine un frisson. Enfin elle entra dans la masure, s'avançant d'un pas dans le triangle de lumière, refermant la porte derrière elle. À travers les planches du toit filtrait un peu de clarté. Dans un brasero, rougissaient quelques braises. Pour tout mobilier, une petite table, des billots de bois en guise de sièges, un mauvais grabat recouvert d'une couverture, un seau, quelques outils.

Il vivait là, parfois. Elle frissonna. Malgré les débris de mousse, de chiffons et de corde qui obstruaient les anfractuosités, elle avait toujours l'impression qu'il faisait plus froid ici qu'ailleurs, toujours plus froid.

Toute au désir de le revoir, elle ne prit pas garde à la silhouette qui se glissait silencieusement derrière elle.

Elle hésitait avant de s'avancer, puis d'un coup s'enfonça dans la pièce comme on se jette dans l'eau glacée.

— C'est moi, Hersende ! murmura-t-elle.

Un grognement derrière elle. Il aimait l'effrayer, mais elle ne se retourna pas, jusqu'à ce qu'elle sente ses paumes sur ses yeux et la chaleur de son corps contre ses reins.

— Arrête ! Je sais que c'est toi.

— Et si c'était l'autre ? fit sa voix.

Cette voix rauque qui éveillait en elle des désirs troubles. Cette voix qui courait le long de ses nerfs comme en ce moment ses doigts minces sur son visage.

— Non, fit-elle en se tournant avec vivacité, c'est bien toi.

Il faisait si noir qu'elle distinguait à peine ses traits, mais elle n'avait pas besoin de lumière pour le contempler. Elle le voyait aussi sûrement que s'il s'était tenu en plein soleil.

Ils avaient la même taille tous deux, mais il était plus mince qu'elle et son visage était si beau, ses cheveux blonds si doux au toucher, ses yeux si pâles que même l'eau la plus claire paraissait sombre à côté.

L'autre s'était reculé.

— Je ne t'attendais pas.

— Moi si, je t'attends toujours. Même quand je te vois, tu me manques encore. Ne pas pouvoir te parler, alors que tu étais si proche. Veux-tu que je te raconte ce qui se passe sur l'île ?

Il ne répondit pas et elle s'inquiéta.

— Quelle est cette ombre sur ton visage ?

Il leva la main pour se protéger d'elle et de ce regard qui le perçait et le mettait mal à l'aise. Pourtant il avait besoin d'elle. Il gémit soudain :

— Pourquoi ne veut-elle pas me regarder ?

Pour la centième, la millième fois, elle répondit :

— Je ne sais pas, mon aimé.

Il haussa les épaules, cachant la grimace de douleur qui déformait ses traits et les larmes qui montaient à ses paupières.

— Tu as apporté de la lumière ? fit-il.

— Oui, répondit-elle en cherchant dans la besace qu'elle portait à l'épaule.

Elle lui tendit une bougie de résine et aussi un pain, enveloppé d'un linge.

— Et la statue ? Tu avais promis.

— Il faut que tu sois patient. Ce n'est pas si facile.

— Patient ? gronda-t-il, une brusque colère enflant sa voix.

— Pardonne-moi, murmura-t-elle. Ce n'est pas ce que je voulais dire, je sais combien tu endures.

Hersende savait qu'il pouvait passer du plus profond désespoir à de redoutables fureurs.

— Il faut que je la voie, tu entends ? Il faut que je sache enfin, continua l'autre sans paraître l'avoir entendue. Il faut que je sache qui je suis !

— Calme-toi, je t'en prie. Tu n'as rien d'un monstre !

— Tu es la seule...

— Je donnerai ma vie pour toi, tu le sais. Tu auras la statue, je tiendrai promesse.

— Elle ne me veut toujours pas. Et maintenant, je suis damné !

— Non, protesta Hersende, pourquoi dis-tu ça ?

— Parce que c'est la vérité !

Hersende secoua la tête négativement, les mots s'étranglaient dans sa gorge.

— Pourquoi pas moi ? Pourquoi ? fit-il en la saisissant par les épaules et en la secouant avec violence. Il me faut la statue, tu entends ? Je la tuerai.

Elle ne se débattit pas, il souffrait et elle ne pouvait rien pour le soulager, ou si peu. Peu importait même qu'il la frappe, il l'avait déjà fait, et le ferait encore. Des larmes ruisselèrent malgré elle sur ses joues. Il la repoussa brutalement et porta contre la porte un coup si rude qu'Hersende crut qu'elle allait se fendre.

Quand il revint vers elle, il était plus calme. Elle le prit dans ses bras, lui caressant les cheveux, lui baisant le front et les lèvres.

— Sauve-moi, par pitié, sauve-moi ! fit-il en enfouissant son visage contre son sein, dans les plis de sa chainse.

21

Frère Geoffroy et Galeran étaient revenus lentement vers l'enclos du Temple, préoccupés tous deux, la mine grave. L'attitude du Breton, son assurance devant la dépouille, ses questions, avaient surpris et même inquiété le templier. Galeran quant à lui se demandait quel mystère obscurcissait le passé de son compagnon.

— Nous connaissons peu de chose l'un de l'autre, remarqua Geoffroy. Je devrais peut-être... fit-il en s'arrêtant devant le portail de l'enclos.

Deux chevaliers du Christ sortaient, vêtus de leurs longues capes blanches, les saluant au passage. Geoffroy maintint le lourd portail, adressant un signe distrait au portier. Ils avançaient maintenant dans une étroite venelle couverte entre des maisons et débouchèrent enfin dans la cour du Temple où se dressait la petite chapelle de pierres blanches de la Magdeleine.

— Vous rappelez-vous notre rencontre ? reprit Geoffroy. Nous avons commencé par le fer, et continué par le verbe et j'avoue que cette nuit-là, j'ai pensé que vous feriez un fier compagnon.

Un léger sourire étira les lèvres du Breton. Chacun des détails, même les plus insignifiants, lui revenait. Poitiers, la nuit, le pavé luisant sous la pluie, cette pluie qui avait failli lui coûter la vie : le faciès des égorgeurs, les hurlements de celui auquel il avait tranché le jarret, le sang qui ruisselait, le borgne qui, profitant de sa glissade, lui avait démoli l'épaule d'un coup de masse et puis, l'arrivée du templier, le combat dos à dos contre leurs adversaires jusqu'à la victoire.

— Oui, messire. Sans vous, ces ladres m'auraient fait un mauvais sort. Vous leur êtes tombé dessus comme la foudre sur le chêne !

Le visage marqué du templier s'éclaira. Lui aussi revivait la scène :

— Un fameux combat ! Ils doivent encore panser leurs plaies et ma foi, j'ai aimé les soirées qui ont suivi.

— Moi aussi, fit Galeran en se rappelant la façon dont le templier s'était arrangé pour qu'il soit soigné et logé dans une maison appartenant à l'Ordre.

Leurs longues discussions jusqu'à l'aube, l'Orient fabuleux que dépeignait Geoffroy, les écrits qu'ils avaient en commun...

— Cependant, c'est une chose que d'être ardent au combat, dur à la douleur et indifférent à la mort, comme vous l'êtes. C'en est une autre que d'être aussi avisé et perspicace face au cadavre d'une enfant.

— Perspicace n'est pas le mot juste...

— C'est vrai, pourtant vous avez suivi les explications de frère Itier comme si vous saviez déjà ce qu'il allait dire.

— Vous me prêtez des connaissances que je n'ai pas encore.

— Pourtant...

— Frère Geoffroy, il n'est rien dans mon passé dont j'aie à rougir, le coupa le jeune homme. La seule chose que je sache, c'est qu'il nous faut trouver celui, ou celle, qui a fait ça avant qu'il ne recommence. Car je suis sûr qu'il recommencera.

— Celui ou celle ? Vous pensez qu'une femme aurait pu commettre un tel crime ?

— Pourquoi pas ? Certaines d'entre elles manient le coutel mieux que nous autres.

Le templier posa la main sur l'épaule de son compagnon.

— Je ne doute pas de vous, Galeran, et quoi qu'il arrive il ne faudra pas que vous doutiez de celui qui vous a secouru cette nuit-là à Poitiers.

— Et à qui je dois la vie... Je n'oublierai pas.

— Un jour, je vous en fais promesse, je vous dirai tout.

Ils arrivaient devant le bâtiment principal.

— Dois-je vous accompagner chez le Commandeur ? demanda Galeran.

— Oui, il est bon qu'il sache que vous avez été à mes côtés.

Un écuyer les précéda vers la salle capitulaire, frappant au battant et s'effaçant pour les laisser passer.

22

Le Commandeur du Temple de La Rochelle, frère Hugues d'Angers, était un homme taciturne et qu'intéressaient peu les choses de ce monde. Plus habile dans la tenue des livres et des biens que dans la compagnie des hommes, il faisait visiblement effort sur lui-même pour prêter attention au récit de frère Geoffroy.

Quand ce dernier eut fini, il hocha la tête puis, au bout d'un long temps, pendant lequel la réflexion creusa son visage austère, il déclara :

— Je compte sur vous pour aider le prévôt de votre mieux. Je verrai le viguier à ce sujet. Nous avons assez d'ouvrage avec la sécurité des routes et des navires sans qu'un assassin sévisse dans les murs de La Rochelle. Vous avez toute ma confiance, débusquez-le et livrez-le à la justice séculière.

— Il en sera fait selon vos ordres, Commandeur.

Hugues d'Angers se tourna vers le Breton qui avait assisté sans mot dire à l'entretien :

— Messire Galeran, d'après frère Geoffroy, vous avez déjà été bien utile. Bien que ne faisant pas encore partie de notre maison, sachez que j'apprécie votre aide à sa juste valeur. Nous ne sommes guère nombreux encore, puis-je vous demander de continuer à seconder notre frère ainsi que vous l'avez fait jusqu'ici ?

— Je le ferai, répondit le jeune homme d'une voix ferme.

— Par ailleurs, frère Guillaume Guidaugier, Précepteur de notre Province de Poitou, m'a donné des lettres de recommandation pour un voyageur arrivé hier, en votre absence, à la Commanderie. Je l'ai envoyé chercher, Geoffroy, et j'aimerais vous le présenter.

— Puis-je me retirer ? demanda Galeran.

— Non, chevalier, restez, je vous prie.

On frappa un coup discret à la salle du chapitre et sur l'injonction du Commandeur de La Rochelle, un serviteur introduisit un personnage dont la singularité, la richesse des vêtements et des armes surpassaient tout ce que le jeune Breton avait jamais vu.

Grand et plutôt mince, l'homme, un Oriental, était vêtu d'un épais manteau de fourrure et d'une tunique cousue de fil d'or à larges manches et de braies du même tissu glissées dans de hautes bottes de cuir fauve. Son crâne était enserré dans un turban de soie pourpre ornée de pierreries et à sa taille était fixé un baudrier où pendait un sabre courbe.

Il y avait quelque chose de féminin dans son visage, sans doute ses lèvres minces, à moins que ce ne soit sa peau brunie ou l'éclat de ses yeux noirs ombrés de longs cils.

Derrière lui, venait un colosse au crâne rasé, trapu, le visage barré d'une moustache noire, habillé d'une cotte de mouton et d'un pantalon de cuir épais, un poignard à la lame effilée passé à la ceinture. Il balaya rapidement l'assistance du regard, puis s'immobilisa près de la porte, croisant les bras sur sa poitrine et ne bougeant pas plus qu'une statue.

L'Oriental s'était incliné avec grâce, et nul accent ne déforma ses propos quand il se présenta au Commandeur :

— Abou Abdullah ibn Mohammed al Idrisi, fit-il, descendant du prophète... et géographe pour le compte de sa majesté le roi normand Roger II de Sicile.

— Notre visiteur est un hôte de marque et il sera traité comme tel. Je tenais, messire Idrisi, à vous présenter frère Geoffroy, fit Hugues, il est mon sénéchal dans cette maison.

Le templier s'inclina, mais déjà Hugues continuait, désignant le jeune Breton :

— Un de mes hôtes, venu de Bretagne, le chevalier Galeran de Lesneven.

Les yeux vifs de l'Arabe se posèrent tour à tour sur les deux hommes.

— Je vais vous donner deux frères pour vous servir de guides, ils assureront également votre sécurité dans notre ville, continuait Hugues d'Angers.

— Merci, Commandeur, bien que je sois à même d'assurer ma propre sécurité, tant d'attention me touche.

— Je ne doute pas de votre aptitude à vous défendre, messire Idrisi, mais vous êtes bien loin de chez vous et nous sommes responsables de votre personne vis-à-vis du Précepteur du Poitou, et même, ainsi qu'on m'en a avisé de notre grand maître du Temple de Jérusalem.

Le géographe s'inclina à nouveau.

— Grâces soient rendues au Très Haut, j'ai parcouru bien des pays et j'ai eu l'occasion d'apprécier votre grand maître au *Templum Domini* de Jérusalem. Mais l'important n'est pas ma personne, mais l'ouvrage sur lequel je travaille. Le roi Roger II m'a demandé de lui rédiger une description du monde, c'est là œuvre de temps. Je dois aussi dresser des cartes et il semblerait que vos côtes soient aussi mouvantes que les sables de nos déserts.

Un léger bruit attira l'attention du Breton. Le garde s'était imperceptiblement raidi, il avait décroisé les bras, sa main reposant sur le manche de son couteau. On frappa à la porte.

— Ali !

Le géographe n'avait rien dit de plus, juste ce nom qui claqua comme un coup de fouet.

Le garde lâcha son arme et ouvrit le battant, s'inclinant devant celui qui rentrait. C'était Aymon. Le jeune écuyer s'adressa au Commandeur avec déférence :

— Pardonnez-moi, messire Commandeur, mais le prévôt nous a envoyé un messager, il demande que frère Geoffroy et le chevalier de Lesneven le rejoignent à l'aumônerie de Saint-Jean-hors-les-murs.

Frère Geoffroy s'avança d'un pas :

— Permettez-nous de nous retirer, Commandeur.

— Prévenez nos frères qu'il y aura réunion exceptionnelle du chapitre ce soir. Allez Geoffroy, allez.

23

Sitôt sorti de la salle, le templier se tourna vers son écuyer.

— Que se passe-t-il, Aymon ?

— Le prévôt aurait trouvé la mesnie de la jeune morte, ou plutôt ce sont eux qui sont venus à lui. Ce sont des Flamands arrivés voici peu dans notre ville. J'ai sellé vos deux chevaux.

— Vous avez bien fait ! Et dorénavant, soyez plus prudent quand vous frappez aux portes !

Un drôle de sourire éclaira le visage mince de l'écuyer :

— Oui, j'avoue que j'étais bien surpris que cet homme m'ouvre avec tant de promptitude.

— Il fallait mieux qu'il vous ouvre et vous salue plutôt qu'il ne vous égorge ! Cet Ali me rappelle trop de souvenirs, et non des meilleurs ! Le Commandeur vous a confié à moi, et je n'aimerais pas vous perdre avant d'avoir achevé votre éducation.

Ils venaient de pénétrer dans les écuries. Dans les stalles, cinq nouvelles bêtes avaient pris place parmi les montures du Temple. Un palefroi blanc, un destrier baucent, un destrier bai étoilé au front et deux sommiers appartenant au visiteur oriental. Sur une barre était posée la sellerie lui appartenant, selles aux troussequins formant dossiers en cuir de Cordoue, couvertures de velours nacarat brodé d'or, éperons en métal précieux...

— Belles bêtes, ma foi, remarqua Geoffroy et bel équipage. Cet homme ne se refuse rien. Aymon ?

— Oui, maître.

— Prenez une de nos montures et partez prévenir nos frères que la réunion du chapitre aura lieu exceptionnellement ce soir. Frères Jean et Roger sont route de Saintes, Frères Paul et Guillaume, route de Bordeaux. Quant à Gabriel et Pierre, ils sont au port du Plomb. Avec Galeran, nous nous chargeons de ceux qui sont aux portes de la ville et sur la Grande Rive.

— Bien, maître. Ce sera fait comme vous l'entendez, fit Aymon en attrapant par la bride les montures qui attendaient à l'anneau et en les conduisant jusqu'au portail de la rue du Temple.

Galeran et Geoffroy montèrent en selle, et s'en allèrent par la Grant'Rue vers la porte Mallevault. Un encombrement de charrettes et de charrois les détourna sur la rue de la Taupinerie.

Le vent d'ouest s'était levé, courbant les herbes folles qui poussaient devant les abris, sifflant entre les venelles. Malgré le froid, des gamins à moitié nus jouaient par terre. Un chat fouillait un tas d'immondices.

Assise devant un taudis, une vieille chantonnait une comptine. À ses côtés, un homme aux yeux bandés était accroupi, immobile, les mains serrées autour d'un morceau de bois.

— « *Quinquin, quincaille,*
Le roi des papillons,
En se faisant la barbe,
S'est coupé le menton. », z'auriez pas un sou pour une pauvresse, mes seigneurs ? fit la vieille en s'interrompant et en montrant le templier du doigt. J'vous a déjà vu, beau sire qu'étiez en Alion...

— Que dis-tu la vieille ? grommela Geoffroy. Tu prétends me connaître ?

La femme s'était recroquevillée sur elle-même, marmonnant :

— J'dis rien, seigneur, j'dis rien.

Galeran lui jeta une piécette, récoltant en remerciements un sourire édenté et une œillade.

— « *Quinquin, quincaille,*
Le roi des papillons... »

Geoffroy n'avait pas attendu la suite, talonnant sa bête, il était reparti. La chanson les poursuivit tout au long des ruelles, et le jeune Breton y songeait encore alors qu'ils se présentaient à la porte Mallevault.

Devant eux, une dizaine de charrois transportant des tonneaux de sel quittaient la ville. L'un des hommes de garde fit signe au templier et à son compagnon qu'ils pouvaient aller.

Les bourrasques étaient de plus en plus fortes. Le ciel se chargeait de nuages d'orage. Ils traversèrent le bourg de Cougnes, passant non loin de l'église Sainte-Marie. Geoffroy montra au chevalier les barques de pêche qui regagnaient en hâte l'abri du port. Au loin, un rayon de soleil perçait le gris du ciel, frappant les falaises.

— Il faut nous hâter, Galeran, la tempête sera bientôt là, fit-il en talonnant son destrier.

Ils arrivèrent bientôt devant l'enclos de bois de l'aumônerie de Saint-Jean. Le portail était grand ouvert, et dans une ancienne grange à foin s'abritait une foule de pèlerins, de mendiants et de pauvres gens.

Des moines circulaient entre eux, distribuant du pain, des bols de soupe et des couvertures.

Le templier poussa son cheval vers une longue bâtisse de pierre adossée à un potager. L'endroit abritait l'infirmerie, le dortoir et les chambres des frères vivant dans l'enceinte.

Ils pénétrèrent dans une salle où somnolaient quelques malades. Frère Itier en avait isolé une partie avec une simple barrière de bois, pour faire sa chapelle. Un autel en bois flottés y était dédié à la Vierge et à saint Jean, le patron de l'aumônerie. Une lampe à huile y brûlait nuit et jour afin que tous, blessés ou mourants, puissent la voir de leurs litières.

Pour l'heure, la dépouille de la morte reposait devant, allongée sur une table à tréteaux. Elle avait été lavée, coiffée et enveloppée d'un linceul propre dont l'ouverture ne laissait apparaître qu'une infime partie de son visage meurtri.

Aux côtés du prévôt et de l'infirmier se tenaient deux hommes et une femme.

L'un d'eux, âgé d'une quarantaine d'années, vêtu d'un épais mantel de drap brun au col de fourrure, s'avança, saluant respectueusement le templier et son compagnon :

— Messire, je ne sais si vous vous souvenez de moi,

je suis maître Adalard, le chef de la communauté flamande.

— Je me rappelle, maître Adalard, vous étiez venu rendre visite à notre Commandeur. C'est vous qui désirez installer votre communauté près de la porte de la Gourbeille, non loin de notre enclos ?

— Oui. (L'homme était très pâle, les traits tirés comme si la vue du cadavre l'avait profondément ébranlé.) Ces gens nouveaux à La Rochelle sont venus demander mon aide et je suis là pour vous traduire leurs paroles.

— Bien, ils ont donc reconnu leur fille ?

— Oui, lâcha le Flamand dont le regard se posa un bref instant sur le corps.

Le templier se tourna vers le père de la fille, le malheureux soutenait sa femme dont les jambes flageolaient.

Frère Itier se désintéressant de l'entretien priait, à genoux devant l'autel. Le jeune prévôt suivait l'échange sans rien dire. Le père, un homme aux traits creusés de rides profondes, prononça quelques mots qu'Adalard traduisit aussitôt :

— C'est bien elle, elle s'appelle Isabelle. Il dit qu'ils sont de pauvres gens, elle était tout ce qu'ils avaient.

— Quand donc sont-ils arrivés à La Rochelle ?

Le père reprit de sa voix monocorde.

— Il y a trois semaines, messire, fit Adalard. Ils se sont installés comme beaucoup d'entre nous, près de la Porte Neuve, dans les champs de Guillaume de Ciré. Leur fille était malade, le voyage l'avait épuisée. Tout comme sa mère, elle n'était pas bien robuste.

La voix de l'homme s'était étranglée, il marmonnait

des mots que ne traduisait plus Adalard. Enfin il se tut, il n'y eut plus que le bruit rauque des sanglots de son épouse. La pauvre femme pleurait, les mains serrées convulsivement sur son ventre, les yeux fixés sur le visage balafré de sa fille. Frère Itier avait relevé la tête, il la regarda, remonta doucement le linceul pour masquer les traits de la jeune fille et, saisissant avec fermeté la femme par le coude, l'entraîna vers un banc où il la fit asseoir.

— Nous ne pouvons même pas leur faire croire qu'elle n'a pas souffert, remarqua le prévôt en se tournant vers le templier. Qu'a-t-il dit ?

Adalard hésita, puis laissa tomber :

— Qu'il retrouvera l'assassin et le tuera de ses mains.

— A-t-il idée de qui a fait ça ? demanda le prévôt.

Le Flamand se tourna à nouveau vers le père de la jeune morte.

— Non. Leur fille ne sortait guère sans eux. Ils étaient en ville étrangère, ne parlaient pas votre langue.

— Et pourtant, elle est sortie, remarqua Galeran. Prévôt, me permettez-vous de poser quelques questions à maître Adalard ?

— Oui.

— Quel est le métier de cet homme ?

— Il est tisserand.

— Il faudrait que nous sachions quelles sont les personnes qu'il a vues en arrivant ici.

— Il a pris contact avec les membres de notre communauté et je ne peux imaginer que l'un d'entre nous... protesta le Flamand.

— Cherchez quand même, maître Adalard, mais il

a certainement vu d'autres gens. Qui s'occupe de tissage à La Rochelle ?

— Dans notre communauté, il y a deux tisserands qui travaillent pour un atelier établi Grant'Rue, mais nous avons plutôt parmi nous des gens qui manient le métal avec habileté, forgerons, orfèvres...

— Bien. Vous disiez que leur fille était malade ?

— Oui.

— Elle était donc guérie ?

— Oui, mais je ne comprends pas...

— Voyez si quelque remède a été donné et par qui.

— Je vais lui demander. (Après avoir posé la question au père, le Flamand se tourna à nouveau vers Galeran.) Oui. Ils ont vu un guérisseur, un homme qui soigne aussi parfois nos bêtes.

— Comment s'appelle-t-il ?

— La Pierre. Mais c'est un homme de bien, messire, je ne crois pas qu'il faille chercher de ce côté.

— Nous verrons, maître Adalard, nous verrons.

Le prévôt s'interposa soudain.

— Il serait bon que vous les raccompagniez, maître Adalard. Frère Itier va donner du sirop de pavot à cette femme pour qu'elle s'apaise. Emmenez-les, et rappelez-leur qu'ici, à La Rochelle, il n'y a pas d'autre justice que celle du viguier et la mienne !

— Je le leur expliquerai, sire prévôt.

24

Une fois seuls, le frère infirmier étant sorti avec les autres, le prévôt et Geoffroy s'entretinrent.

— Peut-être serait-il bon, observa Nicolas, que nous allions voir de plus près la communauté flamande ? Si ces gens ne parlaient aucune autre langue, il est fort possible que l'assassin soit parmi eux.

— Peut-être... hésita Geoffroy. Et pourtant, je n'y crois pas. La première morte était d'ici, n'est-ce pas ? Attendez, vous avez dit que c'était une famille d'orfèvres ? À moins qu'elle n'ait eu affaire, elle aussi, aux Flamands. Il a bien dit qu'il y avait des orfèvres parmi eux ?

— Oui, je le vérifierai, répondit le prévôt.

— Quant à nous, si vous le voulez bien, fit le templier, nous irons interroger les nouveaux venus établis près de la Porte Neuve. Les avez-vous recensés ?

— À peu près, mais il en arrive chaque jour de nouveaux. Il y a des Bretons, des Anglais, des Irlandais, des Normands, des Picards, quelques Italiens et même des Cahorsins. Nos privilèges attirent bien du monde. Ici, on a la possibilité de s'enrichir en travaillant dur et c'est vrai que le travail ne manque pas. Les remparts, les maisons, les canaux, les bateaux, tout change si vite que même moi, je n'y vois plus clair.

Galeran, les sourcils froncés, semblait poursuivre une idée, il demanda :

— Quel est le nom de l'orfèvre dont la fille a été tuée ?

— Maître Guiral, il est rue de Pierre, non loin de votre enclos. Une enseigne avec une assiette en étain et une flèche de bronze. Frère Geoffroy, croyez-vous que vous pourriez...

— Nous irons voir cet homme, messire prévôt. Il faut que vous sachiez que j'ai toute liberté de la part de mon Précepteur pour vous aider. Et je ne pense pas que le viguier s'y oppose.

— Oh non ! Je lui ai rendu compte de tout ceci et nous avons son plein accord ! Nous devons trouver celui qui a fait ça et faire un exemple.

Après avoir salué le prévôt, le templier et Galeran retournèrent prendre leurs chevaux.

— Drôle d'affaire, déclara Geoffroy alors qu'il montait en selle, il faut que vous sachiez, Galeran, que la communauté flamande est très importante ici et qu'ils prennent une part de plus en plus active dans notre ville. Ce sont des hommes habiles et leur chef, Adalard, est d'une grande subtilité. Allez voir l'orfèvre, Galeran ! Quant à moi, je dois prévenir mes frères de la réunion du chapitre. Nous nous retrouverons à l'enclos pour vêpres.

25

Le jour tombait vite, mais il ne pleuvait toujours pas et la tempête semblait avoir gagné l'intérieur des terres. Dans le lointain, des éclairs déchiraient le ciel.

Galeran se retrouva bientôt dans la rue de Pierre. Les enseignes d'orfèvres s'y succédaient. Enfin, il s'arrêta devant l'une d'elles, que le vent venu de la mer faisait grincer, et attacha son cheval à un anneau. Il promit la pièce à un gamin qui se tenait là, assis sur le seuil, à le regarder avec des yeux ronds.

— Connais-tu maître Guiral, petit ? demanda-t-il tout en scrutant l'intérieur de l'échoppe.

— Oui da.

— Il est là ?

— J'crois bien, je l'ai pas vu passer. Y'a aussi le Joseph.

À ces mots, un vieil homme sortit, le ventre serré par un épais tablier de toile dont il fit tomber, en le secouant, de minces ébarbures de métal.

— Messire, puis-je vous aider ?

— Je désire voir maître Guiral. Vous êtes Joseph ?

L'homme ouvrit de grands yeux.

— Oui, c'est bien moi, mon sire, c'est bien moi.

Mon maître est avec un visiteur dans son atelier. Il a demandé qu'on ne le dérange pas.

— J'attendrai.

— Venez à l'intérieur, mon sire, le vent se lève et il faut que je range l'étal.

Galeran entra. Partout sur des étagères et des tables reposaient des jarres de cuivre ouvragé, des cuillères, des salières, des pots d'étain, des aiguières d'argent... Une odeur d'herbe fanée flottait dans l'air. Une impression d'abandon et pourtant, tout était propre, le sol balayé, les pièces d'orfèvrerie soigneusement astiquées.

L'apprenti rentrait celles du dehors avec lenteur, les posant sur une table, puis changeant d'avis, reculant, avançant, cherchant une meilleure place.

Le chevalier le regardait aller et venir sans mot dire. Enfin, il ne resta plus rien dehors. Le vieux Joseph rabattit les planches de l'étal et poussa un soupir de satisfaction.

— Voilà, voilà, fit-il enfin. Tout est en ordre. Personne ne travaille comme mon maître, messire. Regardez cette finesse ! (Il tenait une aiguière d'argent au bec si fin et aux proportions si parfaites qu'il semblait difficile de faire meilleur ouvrage.)

— Oui, approuva sincèrement le chevalier, c'est magnifique. Votre maître vit seul ici, mon ami ?

— Oh oui, pensez... fit le vieil homme en reposant délicatement l'aiguière à sa place.

Il s'approcha et continua sur le ton de la confidence :

— Depuis que sa fille est montée au ciel, notre maîtresse est partie pour Fontevraud, devenir nonne, et le pauv'maître n'a plus que moi et son ouvrage. Si vous voyez les pièces qu'il a dans l'atelier, il a des doigts comme peu en ont...

— Je vous crois, fit Galeran qui commençait à trouver le temps long.

Il alla sur le pas de la porte, regarder si le gamin était toujours avec le cheval et revint vers le vieil homme. Un bruit sourd leur fit dresser l'oreille. Le silence retomba, puis à nouveau le même bruit. L'apprenti fronça les sourcils.

— C'est ce maudit vent ! observa-t-il. Peut-être mon maître aura pas bien fermé la porte.

Le bruit se reproduisit une nouvelle fois.

— Il y a une autre porte ?

— Oui, messire, elle donne sur une venelle qui tombe dans la Grant'Rue.

— Peut-être votre maître est-il sorti avec son client ?

— Sorti ? Oh non, y m'aurait dit. Et puis, mon maître, il aime pas qu'on lui change ses habitudes. Y sort jamais à la nuit tombée.

— Et ce client ?

— Je l'connais point, mais mon maître l'a salué bien bas.

— Si nous allions tout de même voir s'il est encore là ?

— Ben, si vous y tenez, mais y va pas aimer qu'on le dérange.

Le vieux alla au fond du magasin, frapper à la porte. Comme aucune réponse ne venait, il abaissa la clenche et rien ne se passa.

— C'est fermé. Mon maître ! appela-t-il. Mon maître, c'est moi, Joseph, tout va bien ?

Personne ne répondait.

— Où donne cette venelle dans la Grant'Rue ?

— À côté du drapier qu'a des draps de Provins, chevalier, mais pourquoi ?

— Je vais voir de ce côté.

— Maître Guiral ? appela à nouveau le vieil homme d'une voix inquiète.

QUATRIÈME PARTIE

« Le temps passa et il advint que Caïn présenta des produits du sol en offrande à Yahvé et qu'Abel, de son côté, offrit des premiers-nés de son troupeau et même de leur graisse.

Yahvé agréa Abel et son offrande, mais il n'agréa pas Caïn et son offrande. »

Genèse 3.

26

Galeran courut jusqu'à la venelle et, fendant la foule, arriva bientôt près de la porte donnant sur l'atelier de l'orfèvre. Elle claquait au vent. Il monta rapidement les trois marches menant au seuil.

Nulle trace de lutte, juste quelques pièces renversées par le corps de celui qu'il supposa être maître Guiral, tombé en travers de sa table. Un poinçon d'orfèvrerie lui traversait la gorge de part en part. De sa main pendait un morceau de chaînette d'argent. Son sang formait déjà une mare sur le bois de l'établi, gouttant sur le sol par les interstices des planches.

Galeran déverrouilla la porte donnant sur le magasin. Joseph restait sur le seuil, fixant le chevalier comme s'il savait déjà qu'il était trop tard et qu'il avait tout perdu.

— Mon maître ? Il n'est pas...

— Entrez, Joseph, votre maître est mort, répondit le chevalier, il va falloir prévenir Nicolas de Ciré.

Le vieil homme avança d'un pas, poussant un lugubre gémissement en découvrant le corps. Toute proche, sonnait la cloche de vêpres de la Magdeleine, bientôt reprise par celle, plus lointaine, de Sainte-Marie-de-Cougnes. Dans les rues, s'allumaient les torches.

Dans les niches où veillaient les mariettes, les petites statues de la Vierge, les lampes à huile scintillaient déjà. À quelques pas de là, dans la Grant'Rue, une pauvresse rentrait chez elle, son fils aveugle appuyé à son bras.

— « *Quinquin, quincaille,*
Le roi des papillons,
En se faisant la barbe,
S'est coupé le menton... », fredonnait-elle d'un air lugubre.

27

Le gamin était parti en courant à la prévôté et Galeran allait et venait dans l'atelier tandis que Joseph s'était laissé tomber sur un banc, la tête entre ses mains.

— Joseph, demanda le Breton avec douceur, allumez une torche ou une bougie, on n'y voit goutte.

L'ouvrier parut soudain réaliser que la nuit était tombée, et que les ombres envahissaient la pièce.

— Oui, oui, dit-il en se dirigeant vers le foyer où rougeoyaient encore quelques braises.

Il y jeta une bûche, puis saisissant une torche, l'embrasa et la ficha au mur.

Le chevalier ne l'avait pas quitté des yeux.

— Dites-moi d'abord s'il manque quelque chose dans cette pièce.

— Que... Que voulez-vous dire, messire ?

— A-t-on volé un ou plusieurs objets appartenant à votre maître ?

Le regard vif du vieil apprenti fit le tour de la salle, inspectant rapidement les étagères et les tables :

— Euh non, messire, je ne crois pas !

Galeran sentit son hésitation et insista :

— Vous ne croyez pas, ou vous êtes sûr, Joseph ?

— Enfin, si. Je vois qu'y manque un objet sans grande valeur, mais que mon maître utilisait pour son travail.

— Quoi donc ? Parlez.

— Un miroir, messire. Un miroir d'étain poli qu'il plaçait derrière ses pièces, quand il travaillait pour en voir l'envers.

— Un miroir de quelle taille ?

— Oh, guère plus grand que votre paume, messire, avec derrière, gravées les initiales de mon maître, deux G, comme Guillaume Guiral.

— Rien d'autre ? Regardez bien ! Faisons ensemble le tour de l'atelier.

Les deux hommes parcoururent la pièce, le Breton s'arrêtant près du cadavre. Quelques bijoux étaient posés dans une coupe de bois, broches ornées de cabochons grenat, fibules incrustées de filaments d'or, intaille de cornaline et de cristal de roche... Galeran les désigna du menton.

— Et dans tout cela, vous êtes sûr qu'il ne manque rien ?

— Non, messire, répondit le Joseph dont les yeux se posèrent malgré lui sur le mort.

— Et cette chaîne ? fit le jeune homme en désignant celle qui pendait de la main de l'orfèvre.

L'apprenti secoua négativement la tête.

— Il faut que vous m'aidiez à trouver l'assassin, Joseph.

Le vieil homme se tordit les mains.

— Il portait la capuche relevée, je n'ai point vu son visage.

— Est-ce que votre maître l'attendait ?

— Oui, m'avait prévenu qu'y viendrait.

— Qu'avait-il dit alors ? Rappelez-vous !

— Sais plus, messire, que c'était important... Qu'y fallait pas le déranger...

— Comment était habillé ce visiteur ?

— Je l'a point vu !

— Allons, allons Joseph ! Vous avez au moins remarqué si c'était un mendiant ou un prince, un homme d'église ou un maçon, un chevalier ou un bourgeois...

— Euh... ben oui ! Puisque vous le dites, pensez, avec mon métier, j'y regarde les détails !

— Allez-y Joseph, l'encouragea le Breton.

— D'abord y portait des bottes de cuir et puis, sous son pluvial, la pointe d'une épée dépassait, ça j'en suis sûr...

— Quoi encore ?

— Le mantel était épais, un très beau drap, mais sale. J'ai pensé qu'il arrivait de voyage.

— Était-il à cheval ?

— L'en a pas mis à l'anneau.

— Et la couleur des vêtements ?

— Des braies noires, mantel rouge sombre. (Le vieil homme se gratta le front.) J'a pas vu grand-chose d'autre... Ah si ! Quand il a posé les mains sur mon établi, il avait une marque sur le dessus de la main comme une brûlure. Et sa voix... Oui, il a juste dit le nom de mon maître... Mais c'est la façon qu'il avait de le dire, j'ai pensé qu'il était pas d'ici...

— Un étranger ?

— Oui da.

— Il y en a beaucoup...

— Oui, mais celui-là, l'avait un drôle d'accent !

— Bien, vous voyez, nous avons avancé.

L'ouvrier vacilla soudain, il fixait à nouveau l'orfèvre.

— Savez chevalier, j'arrive pas à croire qu'y soit mort. J'avais quinze ans, quand je suis venu lui proposer mes services. Qu'est-ce que je vais devenir ?

— Pour l'instant, vous ne tenez plus sur vos jambes. Allez vous asseoir, fit le chevalier en le poussant fermement vers le magasin.

28

Ses mains serrant le miroir, l'homme se regarda. Il n'avait jamais vu son visage autrement que sur la surface changeante de l'eau, dans le reflet d'une arme ou d'un écu soigneusement poli. Fasciné, il scrutait la forme de ses pommettes, celle de sa bouche, le nez, le front, se tournant pour tenter d'apercevoir son profil. Il fronça les sourcils, ces boucles blondes encadraient une figure enfantine, trop enfantine pour être la sienne et ses yeux brillaient d'un éclat singulier. Était-ce bien lui qu'il voyait là ?

Un bruit de pas arrêta son examen, il rangea précipitamment le miroir d'étain et reprit sa course à travers les ruelles.

29

Nicolas de Ciré trouva Galeran assis près de l'âtre, l'air songeur. Le prévôt se pencha sur le corps, examina la plaie et aussi la chaînette d'argent qu'il avait ôtée des doigts de l'orfèvre, avant de se tourner vers son compagnon.

— Eh bien, il semblerait que vous vous trouvez toujours au bon endroit.

— Je ne sais si c'est vraiment le bon endroit, sire prévôt.

— Nous avons donc un meurtre de plus.

— Mais pas n'importe lequel. Après la fille, le père...

— Tout cela ne me dit rien qui vaille. Si ces meurtres sont liés, pourquoi celui de la petite Flamande ? Elle n'a rien à voir avec ces deux-là.

— Nous n'en savons rien encore, messire. Tout reste à découvrir.

— Avez-vous fait parler Joseph ?

— Oui, fit Galeran en relatant avec soin tout ce que le vieil homme lui avait dit.

— Et ce miroir, reprit Nicolas, pourquoi le voler ? Et cette chaînette ? Vous avez raison, l'assassin devait l'avoir autour du cou et le malheureux à l'agonie l'a attrapée avant de mourir, la cassant.

— Bon, résuma Galeran, nous aurions donc un étranger, un voyageur, plutôt riche si l'on en juge par la qualité de son vêtement, et qui plus est, portant l'épée.

— Mercenaire ou chevalier. (Le prévôt eut un mouvement de découragement.) C'est le portrait de bien des hommes qui se présentent à nos portes. Enfin, nous allons chercher.

— Quelque chose ne va pas dans tout ça, mais je n'arrive pas à trouver quoi, murmura Galeran pour lui-même. (Puis, plus haut :) Où est l'enfant qui est venu vous prévenir ?

— Dehors, avec votre cheval et le mien.

— Je reviens, fit brusquement le chevalier en allant à la porte.

30

Le petit flattait l'encolure des deux chevaux dont il avait maintenant la garde.

— Allons drôle, il va falloir rentrer ! fit Galeran.

— Y'a bien longtemps que j'ai plus de mère pour se soucier de ça, rétorqua l'autre en haussant les épaules. D'ailleurs, j'en ai jamais eu.

— Avec qui vis-tu alors ?

— Personne, fit le gamin en se redressant de toute sa petite taille. J'suis bien assez grand pour vivre seul même si je suis encore trop jeune pour marier ma bonne amie.

Un sourire s'esquissa sur les lèvres du Breton.

— Parce que tu as déjà une bonne amie ?

— Oui da, messire, la Rosette.

— Comment t'appelles-tu ?

— P'tit Louis, et vous, messire ?

— Appelle-moi Galeran, petit. Tu es resté toute la journée devant cette porte ?

— Oui, ici et ailleurs. J'en vois des choses, savez. Dès fois le Joseph y me donne du pain ou un peu de fromage.

Les yeux vifs du gamin s'étrécirent, il se pencha un peu et murmura :

— Il est mort comment le Guiral ?

— Qui te dit qu'il est mort ?

— Vous m'auriez pas envoyé chercher le prévôt, remarqua l'enfant.

— P'tit Louis, est-ce que tu as vu le visiteur qui est arrivé avant moi ?

— Pour sûr que je l'ai vu, fit le gamin en s'asseyant à nouveau sur le seuil. Aussi sûr que je vous vois. Et même...

L'enfant, les sourcils froncés, s'était arrêté. Galeran sentit qu'il avait envie de parler et qu'en même temps, tout cela l'effrayait un peu.

— Qu'y a-t-il ? Qu'allais-tu dire ?

— Oh rien, messire, fit P'tit Louis.

— Il n'était pas à cheval ?

— Non. Même...

— Même ?

— Qu'y tanguait comme les marins.

— Les marins... Un étranger, pas de cheval... Bon sang, mais oui ! La galée qui est entrée au port en même temps que nous.

— Ah ouiche. J'la vue cette galée, avec son museau de fer. Et vingt gars sur les bancs. C'est pas normal, un bateau qui vient pendant les mois noirs. Les grands bateaux y bougent pas pendant l'hiver. Sûr, c'lui là, l'est maudit. Les pêcheurs à la Grande Rive y tournent autour à se demander qu'y c'est qui va en sortir, du diable ou des goules.

Le chevalier s'assit au côté de l'enfant.

— C'est vrai que tu es bien assez grand pour vivre seul, observa-t-il.

— Il est à vous le cheval ?

— Non, il appartient aux templiers. Je n'ai plus de monture.

À l'évocation des pauvres chevaliers du Christ, les yeux du gosse s'illuminèrent, tandis qu'un sourire se glissait sur son visage semé de taches de rousseur.

— Vous habitez leur enclos ?

— Oui.

— J'aimerais bien devenir un templier, moi aussi, et partir délivrer Jérusalem.

Un bruit de pas derrière eux.

— Eh bien, je me demandais où vous étiez, fit le prévôt. Mon sergent et mes hommes sont arrivés. On va emmener le corps à la prévôté.

— Je discutais avec P'tit Louis. Vous feriez bien, messire prévôt, de l'embaucher à votre service.

Le regard de Nicolas de Ciré alla du chevalier à l'enfant, puis il remarqua :

— Vous ne plaisantez pas !

— Non, je vous expliquerai, il faut que nous fassions vite. Où puis-je te trouver, petit ?

— J'viens souvent ici voir le vieux Joseph, sinon j'habite rue de la Taupinerie. Tout le monde y connaît P'tit Louis là-bas.

— Merci, répondit le chevalier en lui ébouriffant les cheveux et en lui donnant un denier. Tiens, prends ça et continue ton chemin ! Dieu soit avec toi !

Les deux hommes remontèrent en selle et s'éloignèrent, laissant le gamin croquer dans la pièce pour s'assurer que le métal était bon.

31

— Où allons-nous, chevalier ? demanda le prévôt.

— C'est vous qui allez me le dire. Ce matin, alors que nous revenions de l'île de Ré, nous avons été dépassés par une galée. Où accostent-elles ?

— Tout près d'ici, à la Grande Rive. On va passer par la porte Maubec, déclara Nicolas en faisant faire demi-tour à son destrier.

Il n'y avait plus grand monde dans les rues, les gens se dispersaient pour rentrer chez eux, les commerçants achevaient de plier leurs étals et sur les quais, marins et pêcheurs prenaient le chemin des auberges et des bouges adossés aux murailles. Les deux cavaliers se présentèrent à la porte Maubec, et débouchèrent bientôt sur l'esplanade de pierre longeant le port.

La lune accrochait des reflets aux vagues. Une gigantesque chaîne recouverte d'algues barrait l'accès au havre. Des gabares vides s'alignaient le long des quais. Un vent froid venait de l'océan, et les navires tiraient sur leurs amarres.

La galée était tout au bout du quai, son éperon de métal pointé vers eux. Ils s'arrêtèrent près d'un entrepôt, observant le pont désert, le fanal qui scintillait à la poupe.

— D'où vient-il, vous le savez ?

— Sa dernière escale était Bordeaux, mais je n'ai guère eu le temps de voir le sergent qui s'occupe du port.

— Est-il vrai que de tels bâtiments ne prennent pas la mer pendant les mois noirs ?

— Oui. Les risques de tempête sont trop nombreux, et puis, la nuit est si longue et obscure que même les bons pilotes n'arrivent pas à éviter les écueils. Si vous me disiez enfin pourquoi nous sommes venus ici ?

— L'étranger qui s'est présenté à pied chez l'orfèvre. Son arrivée en ville correspond avec celle de ce bateau.

— Vous pensez ? Mais oui, pourquoi pas. Allons-y !

Le prévôt talonna sa monture et les deux cavaliers s'arrêtèrent près du plat-bord du bateau.

— Holà ! Il y a quelqu'un ?

Les bancs de nage étaient vides. À l'arrière, les pans de toile d'une tente montée sur des arceaux de bois claquaient au vent. Un homme en sortit, tenant par la taille une fille aux cheveux défaits et à la chainse en désordre.

— Qui est là ?

— Le prévôt de La Rochelle, Nicolas de Ciré.

— Ah ouiche, maître Nicolas, enfin ! fit l'autre en lâchant la fille qui se rajusta en les dévisageant avec aplomb.

Le prévôt hésita un moment, puis, descendant de cheval, demanda d'une voix hésitante :

— Jean, c'est toi ?

— Pour sûr ! Qui veux-tu que ce soit ? Ton Jean, ton compère, fit le marin en sautant sur le quai.

— Ça, mais que fais-tu sur ce bateau ? fit Nicolas en le serrant contre lui.

L'homme était mince et musclé, pieds nus et portant les braies courtes des marins. Le froid qui montait de la mer ne semblait pas avoir prise sur lui. Vêtu d'une simple chainse de mauvais drap, la taille marquée par une bande de toile rouge, le regard clair, les traits réguliers, d'épais cheveux noirs frisant sur sa nuque, il avait autant d'allure qu'un prince.

— Tu me connais, entre les femmes, l'aventure et la mer, fallait bien que je trouve un métier à ma convenance. Je suis devenu pilote. Mais toi ? Laisse-moi te regarder, t'es presque aussi beau que moi ! Ah pardon ! fit soudain Jean en se tournant vers le chevalier qui les contemplait avec amusement. Excusez messire, mais nous deux, on était comme qui dirait des frères ! Alors pensez, après dix ans ou plus, c'est bonheur de se retrouver ainsi !

— C'est vrai, fit le prévôt, mais Jean, il faut que tu nous aides et après être passé à la prévôté, je t'emmène faire un tour à *La Truie qui file*, on boira et on mangera jusqu'à rouler sous la table.

— Comme au bon vieux temps !

Le visage du jeune pilote redevint sérieux.

— Que veux-tu savoir ?

— D'où vient ce bateau ?

— D'Orient ou de Gênes, je ne sais pas trop. Moi, je l'ai pris à Bordeaux. Leur pilote avait quitté le bord.

— Vous aviez des passagers ?

— Pas des... Un seul, qui a embarqué en même temps que moi.

— Que sais-tu sur lui ?

— Pas grand-chose, malgré que nous soyons tous les uns sur les autres dans ce sacré rafiot, et je pense que le maître n'en savait pas plus que moi. Il parlait peu et payait bien. Que demander de plus ?

— Fais un effort !

— Je le crois Lombard, à cause de son accent. Un homme de sang en tout cas, avec une épée dont je n'aurais pas aimé tâter le fer, longue et fine comme une aiguillée. Personne lui a cherché noise à bord et pourtant, crois-moi, y'avait de sacrées têtes de lard !

— Pourquoi être venu en hiver ?

— À cause de lui, pardi ! Le maître devait attendre le printemps et faire calfater le bateau à Bordeaux, mais celui-là l'a payé si grassement que nous sommes repartis. Nous allons hiverner ici et tu comprends, moi, j'étais pas contre. Après toutes ces années passées loin de chez nous.

— Où est-il maintenant ?

— À peine accosté, il est parti. Il a pris son harnois, je pense pas qu'y reviendra à bord.

— Tu as bien vu son visage ?

— Ah, ouiche. D'autant qu'il était fort intéressé à connaître mes amers et que j'ai point voulu tout lui dire. Le métier ne se confie pas aux étrangers.

— Et moi alors ? Tu m'oublies ? demanda la fille qui les avait rejoints et se dandinait, la poitrine offerte.

— Toi, fit Jean en lui tapant gentiment sur les fesses, tu peux en chasser un autre ! Ce soir, je suis pris, et la nuit n'aura pas assez d'heures.

Vexée, la fille haussa les épaules et s'éloigna en balançant des hanches.

Sentant qu'il n'apprendrait rien de plus du pilote et que les deux hommes avaient du temps à rattraper, Galeran les salua :

— Prévôt, maître Jean, il faut que je rentre à la Commanderie, à vous revoir.

32

Le chapitre était terminé depuis longtemps et pourtant une agitation inhabituelle régnait dans l'enclos du Temple quand Galeran y arriva.

Des torches illuminaient la cour. Des templiers sortaient du réfectoire et s'apprêtaient à partir. On entendait les hennissements des chevaux, le cliquetis du métal. Dans les écuries, les écuyers et les sergents s'affairaient. À la forge, on achevait d'affûter le tranchant des épées.

Frère Geoffroy sortit de la chapelle, Aymon sur les talons, et se dirigea aussitôt vers lui.

— Ah, Galeran, enfin ! Venez !

Et le templier entraîna son ami, le pressant de questions :

— Alors cet orfèvre ?

— Il est mort, assassiné !

— Quoi ! (Les traits de Geoffroy s'étaient durcis.) C'est impossible ! (Le templier fit visiblement un effort pour se reprendre.) Il faut prévenir le Commandeur. Ceci concerne l'ordre tout entier.

— Que voulez-vous dire ? demanda Galeran.

Le templier ne répondit pas. Des frères en armes

quittaient la cour. Sous leurs longues capes blanches, luisaient les plaques métalliques des broignes. Tous portaient l'écu et la lance. Derrière eux venaient des frères sergents en manteau noir. Les écuyers avaient caparaçonné les destriers. On se serait cru à la veille d'une bataille.

— Des bagarres viennent d'éclater sur l'îlot du Perrot entre les marins de la galée et les pêcheurs, expliqua Geoffroy. Depuis la mort de la gamine, nous craignons l'émeute. Je les envoie prêter main-forte aux gens d'armes et se mettre en faction aux portes de la ville. La mort de l'orfèvre ne va pas arranger les choses. Venez !

Aymon, qui s'était écarté par discrétion, s'approcha d'eux sur un signe de Geoffroy.

— Où est le Commandeur ?

— Frère Hugues a gagné la salle du chapitre avec les étrangers.

— Allons-y !

— Il a demandé qu'on ne le dérange pas, ajouta l'écuyer.

Le templier ne parut pas entendre cette dernière observation. Il entra dans la commanderie et alla droit à la porte de la grande salle, frappant au battant de son poing fermé.

— Entrez ! répondit la voix d'Hugues d'Angers.

— Puis-je vous parler, Commandeur ?

Le géographe arabe et un autre homme s'étaient tournés vers eux. Grand, mince, très brun, les traits creusés par la fatigue, le nouveau venu portait encore ses vêtements de voyage, un long mantel rouge sombre d'où pointait une épée fine comme une aiguillée. Tout en détaillant les nouveaux venus, il caressait machinalement sa moustache et une trace brune barrait le dos de sa main.

— Ce n'est pas vraiment le moment opportun, mais je suppose que vous ne m'auriez pas dérangé pour rien, remarqua sèchement Hugues, agacé par l'irruption de son lieutenant. De quoi s'agit-il ? Vous pouvez parler devant nos amis. Chevalier, je vous présente notre nouvel invité, messire Giovanni d'Orso de la cour du roi Roger II de Sicile.

— Qui a voyagé au péril de sa vie sur une galée depuis Bordeaux, continua le jeune Breton.

— Il est vrai, mais comment le savez-vous, messire ? fit le Sicilien avec un accent chantant.

— Ensuite, reprit le Breton imperturbable, il s'est rendu chez maître Guiral, orfèvre de son métier.

Le Sicilien se redressa comme si on l'avait piqué. Dans le mouvement qu'il fit, une lourde chaîne d'or et un pendentif rehaussé de pierreries jaillirent de l'ouverture de sa chainse.

— Que signifie ? s'exclama-t-il. Comment cet homme sait-il...

Hugues d'Angers avait pâli.

— Expliquez-vous Galeran ! le somma le Commandeur. Comment connaissez-vous les faits et gestes du sire d'Orso ?

— Maître Guiral est mort, assassiné. Et le prévôt, que je viens de quitter à l'instant, recherche un homme correspondant en tout point au portrait de votre invité. Il aurait été le dernier visiteur de l'orfèvre, avant que l'assassin ne lui plonge un poinçon en travers de la gorge !

Le Sicilien se laissa tomber sur un banc.

— *Dios mio* !

— Où sont les pierres ? tonna le Commandeur.

— De quoi parlez-vous ? Quelles pierres ?

— Messire d'Orso a remis à maître Guiral des joyaux dont notre Préceptorie du Poitou est devenue garante dès l'accostage de la galée sur les quais de la Grande Rive.

Galeran comprenait mieux la réaction des templiers, mais le Commandeur continuait :

— L'orfèvre a déjà travaillé pour nous et sa réputation va bien au-delà de nos frontières. Il devait réaliser une coupe d'une grande finesse, cadeau et gage d'alliance de Roger de Sicile pour la reine Aliénor et le roi Louis VII. Nous aurions acheminé le présent jusqu'à Saint-Denis où il devait être béni par l'abbé Suger et remis au couple royal. Il faut les retrouver.

Hugues d'Angers se tut, une ride profonde creusait son front et malgré lui, ses doigts frappaient l'accoudoir de son faudesteuil. Le géographe suivait la discussion sans s'y mêler, son regard vif allant de l'un à l'autre.

— Vous dites que Giovanni d'Orso est recherché par notre prévôt ? reprit le Commandeur en s'adressant au Breton.

— Tout le désigne comme l'assassin.

— Comment osez-vous ? Je suis innocent ! protesta le Sicilien en se levant d'un bond. Si j'avais voulu voler ces pierres, pourquoi ne pas le faire avant ? Et pourquoi tuer cet homme que je n'avais jamais vu de ma vie !

La repartie ne manquait pas de bon sens, le jeune chevalier insista pourtant :

— Qui nous prouve que vous les lui avez remis ?

Que vous les aviez même encore sur vous en arrivant à La Rochelle ?

Le Sicilien pâlit comme si on l'avait giflé. Avec une vivacité qui prit le chevalier au dépourvu, il dégaina son épée et en posa la pointe sur sa gorge.

— Vous allez retirer ces paroles ! siffla-t-il entre ses dents.

Galeran ne broncha pas. Une goutte de sang perla au bout de la lame.

— Messires, messires, fit Geoffroy en s'interposant, calmez-vous ! Sire d'Orso, je ne crois pas que le chevalier veuille vous offenser. Tout comme nous, il recherche la vérité.

— Qu'il la cherche autrement qu'en m'insultant ! Même si vous n'en avez pas la preuve, je suis homme d'honneur et mon épée témoignera pour moi !

— Je n'en disconviens pas, messire, fit Galeran, et je vous ferai toute excuse en son temps, mais répondez d'abord à nos questions.

L'Italien proféra ce qui devait être une suite de jurons dans sa langue, puis lâcha :

— Rien ni personne, vous entendez, ne peut prouver mon innocence, hormis ma parole et celle du mort !

À nouveau, la voix calme de Geoffroy se fit entendre.

— Le chevalier de Lesneven est un homme de bien en qui nous mettons toute confiance comme en vous, messire d'Orso. Vous êtes le seul à avoir vu les joyaux, pouvez-vous nous les décrire ?

— Bien sûr, je le peux. Mais je ne suis pour rien dans leur disparition, ni dans la mort de l'orfèvre. Et n'oubliez pas que je suis, de fait, l'ambassadeur de Roger II de Sicile auprès de votre roi et de votre reine !

— Nous n'oublions rien, mais comprenez messire, qu'ici, nous ne sommes point la justice séculière et qu'il vous faudra répondre aux questions du prévôt, puis comparaître devant le viguier, et avant cela, mieux vaut prouver vos dires. Vous alliez parler des pierres...

— Oui, dit le Sicilien remettant son épée au fourreau. (La fatigue dessinait des cernes sombres autour de ses yeux.) Notre roi a choisi chacune d'elles pour ses vertus. L'aigue-marine qui rend heureux et riches ceux qui la portent. L'ambre, qui empêche le vertige du cerveau. L'améthyste, ou « pierre de Vénus », qui préserve de l'ivresse et des malédictions. La topaze qui fortifie l'esprit et chasse la folie. La cornaline qui assure la victoire. Le cristal, l'émeraude ou « pantaure », qui arrête l'hémorragie et repousse le poison. Le rubis ou escarboucle qui luit dans les ténèbres, le lapis-lazuli qui chasse la mélancolie, le saphir qui recrée l'homme, et enfin la perle ou « marguerite », dont j'ai apporté une bourse pleine. Des marguerites à l'orient si pur qu'il n'en est guère de pareilles au monde.

— Vous voulez dire que vous aviez porté deux bourses, l'une pleine de pierreries, l'autre de perles ?

— Oui. Mon maître avait choisi lui-même trois pierres de chaque espèce. Il voulait que cette coupe soit un présent à nul autre pareil, et que le couple royal n'oublie jamais sa munificence.

Le templier jeta un bref regard au Commandeur dont les traits s'étaient assombris au fur et à mesure de la description du Sicilien.

— Messire d'Orso, vous êtes notre hôte, déclara-t-il enfin. Dès demain, nous préviendrons le prévôt de votre présence ici. Il viendra vous interroger, mais j'insisterai pour que cela se passe dans nos murs. En êtes-vous d'accord ?

— Oui, fit le Sicilien en s'inclinant.

— Bien maintenant, retirez-vous tous ! les congédia le Commandeur.

33

Sur la colline de Pélenerte, dans le cimetière, parmi les tombes, poussent deux rosiers. Ils sont côte à côte, en bordure de falaise, si près que pour y cueillir une fleur, il faut mettre sa vie en péril.

Leurs branches s'entrelacent, leurs épines acérées se croisent comme des fers. Ils ont été plantés le même jour, et sous l'un d'eux, le blanc, repose un cadavre. Sous l'autre, la nourrice a enterré le placenta d'un enfant, un « gâteau » comme on dit ici.

Si elle venait encore se promener par là, couper des roses sur la colline de Pélenerte, elle verrait que le rosier rouge, jadis si opulent, dépérit et que les ronces du blanc sont en train de l'étouffer.

En décembre de cette année-là, un pan de falaise s'effondra dans la mer...

CINQUIÈME PARTIE

« Yahvé dit à Caïn : “Pourquoi es-tu irrité et pourquoi ton visage est-il abattu ? [...]

Le péché n’est-il pas à la porte, une bête tapie qui te convoite et que tu dois dominer ?” »

Genèse 3.

34

En sortant de la salle, Galeran laissa ses compagnons et se dirigea vers les écuries. La plupart des montures étaient sorties, seuls les chevaux de Geoffroy bougeaient doucement dans la pénombre. Une odeur de paille fraîche montait des stalles.

Plus pour se calmer et réfléchir que par nécessité, il saisit une fourche et remit du foin dans les mangeoires.

Un léger froissement se produisit dans son dos. Il se retourna d'un coup et se trouva face à face avec le géographe arabe. Celui-ci le toisait, le visage grave. Il paraissait incongru dans la simplicité de ce lieu avec ses bijoux et ses soieries.

— Allah m'est témoin, remarqua Al Idrisi, vous avez du sang-froid, mais peu de bon sens. Mahomet a dit : « *L'encre du savant est plus sacrée que le sang du martyr.* » Pourquoi provoquer cet homme ? À moins que vous n'espériez sa fuite ou toute autre réaction le trahissant ?

— Oui, je reconnais que c'était une erreur, rétorqua le chevalier sans lâcher sa fourche.

— Vous vous êtes seulement fait un ennemi, et pas n'importe lequel ! Giovanni est une fine lame et il a la rancune tenace. Il n'aura de cesse de vous provoquer.

— Vous le connaissez donc bien ?

— Je vous ai écouté, et je comprends que vous le soupçonniez, mais il n'y a pas d'homme plus loyal à la cause du roi de Sicile que celui-là. Quant aux joyaux, il n'en a pas besoin ! Chez lui, c'est un homme riche, très riche. Le moindre des bijoux qu'il porte, son pendentif, sa chaîne, je sais que vous l'avez remarqué, valent fort cher.

— Vous ne pensez donc pas qu'il puisse être l'assassin ?

— Non, il pourrait tuer en combat, mais pas ainsi... pas un homme comme l'orfèvre... Et vous avez dit qu'on l'a mis à mort avec son poinçon.

— Oui.

L'Arabe secoua la tête négativement.

— Croyez-moi, ce ne peut être Giovanni d'Orso. Et puis, sa réflexion était juste... Pourquoi maintenant, ici à La Rochelle ?

— Pour que les templiers remboursent le trésor, ainsi le roi de Sicile n'est pas lésé et le voleur est riche.

— Il est un animal dont j'ai remarqué que vous autres, Francs, appréciez l'intelligence, c'est le renard. Vous n'êtes pas sans lui ressembler. Seulement voilà, Giovanni est déjà riche et votre raisonnement ne peut s'appliquer à lui.

L'Arabe se tourna vers le cheval dont s'occupait le jeune homme.

— Celui-ci est le vôtre ?

— Non. Je n'ai plus d'autre monture que mes jambes.

Idrisi s'était approché de l'une de ses montures, le palefroi blanc qui, l'ayant reconnu, hennit doucement à son approche, l'Arabe flatta la magnifique encolure, le naseau au pelage soyeux.

— Je suis sûr que vous n'en avez jamais vu de pareil, observa-t-il.

— C'est vrai, répondit Galeran. Il semble taillé pour le galop et sa robe est d'une blancheur admirable.

— C'est comme celui-là, fit-il en désignant un destrier bai avec une étoile au front, un animal fort endurant. Ils viennent de mon pays. Là-bas, nous les appelons les buveurs de vent. Le blanc se nomme Samoûn, comme le vent du désert.

Le géographe parut perdu un moment dans des pensées mélancoliques, puis il ajouta :

— Aymon m'a dit qu'on a assassiné des femmes ?

Galeran ne répondit pas, mécontent de le voir si bien renseigné. Le géographe sourit, s'inclina légèrement, portant deux doigts à son cœur, à sa bouche et à son front.

— Peu importe. À vous revoir, chevalier. Allah soit avec vous.

— À Dieu, messire.

35

— Messire ! appela une voix au-dessus de sa tête. Messire Galeran !

— Aymon, tu étais là ? fit le chevalier en avisant le jeune homme dans la paille du fenil.

— Je dors souvent ici, répondit l'autre en se laissant glisser à terre par l'échelle. Je n'ai rien dit à propos des meurtres, cet homme vous a menti. Je le jure ! C'est un infidèle, un fourbe comme ceux que notre ordre doit chasser de Jérusalem.

— Calme-toi, Aymon, ce n'est pas si grave. Il aurait fini par savoir.

— C'est grave ! Il me discrédite à vos yeux !

La voix de l'écuyer se cassa, ses yeux cherchaient ceux du Breton, un singulier désespoir s'y lisait.

— Aymon, je te sais sérieux et dévoué envers ton maître. Je n'accorde pas si rapidement crédit à un étranger. La journée a été rude, retourne te coucher !

— Chevalier !

— Oui ?

— Pour les pierres, j'ai une idée. Si cet Italien les a prises, il doit les avoir encore sur lui.

— Tu ne crois donc pas à son innocence ?

— Je ne crois à l'innocence de personne ! trancha le garçon.

À ces mots, les sourcils du chevalier se haussèrent, et il examina plus attentivement le visage lisse de son interlocuteur.

— Et d'après toi, pourquoi les aurait-il gardées sur lui ?

— Il ne connaît pas La Rochelle. Le seul endroit où il pourrait les dissimuler, c'est dans ses affaires ou ici, dans quelque recoin de la Commanderie.

— Sans doute, j'admets que c'est possible.

— Il faut fouiller sa chambre, continua Aymon. Voilà ce que je vous propose : demain matin, je vais le chercher pour le mener à l'office, pendant ce temps-là, vous vous glissez dans sa cellule.

— Tu viens de Saint-Jean-d'Angely, n'est-ce pas ? reprit Galeran comme s'il n'avait rien entendu. Et tu n'as guère plus de dix-huit ans... Je pourrais être ton frère aîné...

Sous le regard clair du chevalier, le jeune écuyer se troubla :

— J'aime mieux avoir un ami.

— Laisse le temps au temps, Aymon. Il liera ce qui doit être lié. Quant à ton idée, abandonne ! Il est peu vraisemblable que Giovanni d'Orso ait gardé les pierres sur lui et je ne crois pas que ton maître apprécie qu'on fouille la chambre d'un hôte du Commandeur. Tu sembles oublier la règle des templiers. Remonte te coucher et ne parlons plus de tout cela ! À demain.

Une fois le jeune homme parti, Galeran ne put s'empêcher de songer au Sicilien et aux propos d'Idrisi. Le géographe l'avait presque convaincu. Sans vraiment vouloir se l'avouer, alors que cet homme était le dernier à avoir vu l'orfèvre vivant, il ne le croyait pas coupable. Et tout ça à cause d'un miroir d'étain et d'une mauvaise chaînette ? Car nul autre que l'assassin ne pouvait avoir volé l'un, et porté l'autre. Et pourquoi le sire d'Orso aurait-il volé un miroir et porté une simple chaînette d'argent, alors que ses bijoux étaient d'or ? Mécontent de lui, le chevalier reprit le chemin de sa cellule.

36

Ses doigts serrant le miroir, l'homme essayait en vain de se regarder. À la lueur incertaine de la lune, il n'apercevait qu'une ombre grise percée par le trou noir des orbites et la fente de ses lèvres : une tête de mort.

Un long gémissement lui échappa, et le miroir tomba à ses pieds dans la boue de l'abreuvoir. Il le ramassa, et jetant des regards inquiets autour de lui, le plongea dans l'eau glacée, le frottant avant d'essuyer ses mains sur son pourpoint, encore et encore.

— Crois-tu que le sang s'efface comme cela ? fit une voix moqueuse derrière lui.

Il ne se retourna pas, il savait que c'était son frère qui venait de s'asseoir sur la margelle.

— Non, murmura-t-il plus pour lui-même que pour l'autre. Cela ne s'effacera qu'avec ma vie.

— Comment as-tu pu confondre ces femelles avec ELLE ? insista l'autre.

— Je te jure qu'elles lui ressemblaient. C'est une malédiction, elles changent de forme, elles ont ses cheveux, son visage, ses lèvres... Quand tout est fini, quand leur vie s'est en allée, la ressemblance disparaît. Il ne reste que leurs cris sous mon crâne. Et elles crient ! Elles n'arrêtent pas de crier ! fit-il en couvrant ses oreilles de ses paumes.

Il savait bien pourtant que leur clameur était en lui et non dehors.

— Tu sais qu'ELLE ne te regardera jamais comme ELLE me regarde, jeta son frère avec un mauvais rire. Fais attention, mon ami, tu prends le goût du sang ! Bientôt, tu tueras pour le plaisir !

— Jamais ! Je ne tue que ceux qui se mettent en travers de mon chemin, comme toi.

— Comme ce pauvre...

— Tais-toi ! Pourquoi passes-tu ton temps à me torturer ? Pourquoi ? Il n'y a qu'une mort que je souhaite vraiment et c'est la tienne ! fit-il en se retournant.

Mais l'autre avait disparu, aussi silencieusement qu'il était venu.

Malgré le froid, de grosses gouttes de sueur ruisselèrent de la racine de ses cheveux jusqu'à son menton. Il les essuya d'un geste rageur, et hurla :

— Ne me laisseras-tu jamais en paix ?

Effrayé par le son de sa propre voix, il se tut, guettant un écho, une réponse qui ne vint pas.

Il se pencha sur l'abreuvoir. La tache livide de son visage s'y reflétait... Il frappa l'eau de son poing fermé, laissant le remous brouiller la surface lisse.

Il pensait à la petite Flamande... non... à ses yeux suppliants, pleins d'une terreur sans nom. Isabelle qui l'avait suivi par amour. Isabelle aux longs cheveux d'or.

— J'aurais dû te faire disparaître par le feu ou par l'eau, murmura-t-il.

Un bruit de pas le fit se redresser brusquement. Il se

tendit, puis partit en courant droit devant lui, courbé en deux, comme un animal traqué.

Enfin, il s'arrêta devant la masse sombre des remparts. Les ruelles étaient désertes. Au loin, vers le port, il entendait la rumeur sourde de l'océan.

La lune glissait sur les toits, éveillant des reflets sombres sur les vitres couleur d'étain poli.

Portés par le vent, des ordres retentirent non loin de lui, des bruits de pas, nombreux, le cliquetis des armes.

La patrouille venait de ce côté. Il reprit sa course et se glissa dans la pénombre d'un porche, le cœur battant. Ils en avaient après lui, il le savait.

Il était perdu. Il se laissa glisser le long du mur, poussant un long gémissement.

— Ma sœur, ma mère, venez me chercher ! Je vais mourir !

37

Le coq avait chanté pour saluer le lever du jour. Sitôt sa toilette faite et la messe de prime achevée, Galeran s'en alla vers les écuries.

Aymon l'y attendait. Il avait les traits tirés comme s'il avait mal dormi, et de grands cernes noirs soulignaient l'aspect fiévreux de ses yeux.

— Eh bien, que t'arrive-t-il ? demanda le chevalier en riant. Tu en fais une mine de carême.

Sans mot dire, l'autre lui tendit deux bourses de cuir.

— Ne me dis pas que tu as été dans la chambre du Giovanni d'Orso ? s'exclama le Breton en retrouvant son sérieux.

La gorge sèche, l'écuyer hocha simplement la tête. Partagé entre la colère qu'il lui ait désobéi, et l'étonnement d'avoir entre les mains la preuve de la culpabilité d'Orso, Galeran dénoua les cordons, faisant glisser quelques joyaux dans sa paume avant de tout remettre en place.

Aymon se dandinait d'un pied sur l'autre.

— Pourquoi as-tu fait cela ? gronda Galeran. Si Geoffroy l'apprend, il en sera fini de ta place parmi les templiers. Tu seras chassé. Est-ce donc cela que tu cherches ? Oublies-tu à quel point votre règle est sévère pour ceux qui l'enfreignent ?

— Je voulais vous prouver...

— Crois-tu qu'on t'ait vu ? le coupa le Breton.

— Non, messire, non !

— La seule chose que tu m'as prouvée, Aymon, c'est ton manque de réflexion, remarqua froidement le chevalier glissant la bourse sous son bliaud. Si d'Orso nie toute culpabilité et t'accuse, toi, ce sera ta parole contre la sienne. Celle d'un écuyer qui va avouer être entré comme un voleur dans la chambre d'un hôte de l'ordre du Temple, dans la chambre d'un homme qui n'est autre que l'ambassadeur du roi de Sicile en pays de France. Qui crois-tu accuser ainsi ? Il fallait que quelqu'un d'autre que toi ou moi trouve ces pierres dans ses affaires !

— J'irai les remettre...

— Et te faire prendre ! Assez d'enfantillages. Il faut trouver un autre moyen et se débarrasser de ceci au plus vite !

Le jeune homme rougit, balbutia et se tut. Deux écuyers entraient, le saluant avant de faire sortir des destriers.

— Sortons ! ordonna le Breton à Aymon qui le suivit sans protester. Où est ton maître ?

— Le voilà qui vient vers nous, messire.

— Ah vous voilà ! fit Geoffroy en saluant Galeran. Je pars chez les Flamands, vous m'accompagnez ? Nicolas ne va pas tarder, je l'ai fait prévenir pour d'Orso.

— Je suis prêt. Mais j'aimerais aussi retourner chez l'orfèvre. Ne connaissant pas cette histoire de pierres précieuses, ni le prévôt ni moi n'avons fouillé les lieux.

Si, par extraordinaire, le vol n'était pas le mobile du crime, les joyaux peuvent encore s'y trouver.

— Vous avez raison, nous n'avons pas pensé à cela. Allons-y d'abord ! Aymon, préparez-nous des montures pour notre retour, nous devons accompagner le géographe à Laleu et au port du Plomb.

Les deux hommes s'éloignèrent, laissant derrière eux, dans l'ombre du portail, la silhouette désemparée du jeune écuyer.

38

— Qui est là ? fit la voix du vieux Joseph.

— Frère Geoffroy ! Ouvrez !

On entendit un bruit de barres tirées et le battant s'entrebâilla.

— Pardon, messire, pardon, fit l'apprenti dont les cheveux et la mise en désordre témoignaient d'une mauvaise nuit.

— Il n'y a pas de mal, mon ami, fit Geoffroy en entrant, le chevalier sur les talons.

— Je peux vous aider ?

— Oui, fit le templier. Où donc ton maître rangeait-il ses métaux précieux ?

Le vieux fit la grimace.

— J'en sais trop rien, mes seigneurs, y me disait point. C'est pas qu'y me fasse pas confiance... Pensez, je suis avec lui depuis si longtemps ! Mais y me disait rien quand même.

— Et vous n'avez aucune idée ?

— Non, non.

— Bon, laissez-nous, Joseph ! Il faut que nous fouillions les lieux. Galeran, qu'en pensez-vous ?

— Commençons par l'atelier. Si Giovanni d'Orso disait vrai, l'orfèvre n'a guère eu le temps de cacher la bourse, d'autant que Joseph était dans le magasin quand je suis arrivé.

— Bien, allons-y !

— Geoffroy !

— Oui ?

Galeran songea un moment à parler à son compagnon des bourses trouvées par Aymon, mais deux raisons s'y opposaient, la première étant le passé mystérieux de son compagnon, l'autre, le désespoir qu'il avait lu dans les yeux de l'écuyer à qui nul, et surtout pas son maître, ne pardonnerait sa faute.

— Avec tout ça, j'ai oublié de vous dire qu'un autre vol a été commis. Je l'ai mentionné à Nicolas de Ciré, mais je ne crois pas vous en avoir fait état.

— De quoi s'agit-il ? demanda Geoffroy.

— D'un petit miroir d'étain poli qu'utilisait l'orfèvre pour son travail.

Le templier haussa les épaules.

— Si ce n'est que ça...

— Certes, mais ne trouvez-vous pas bizarre qu'un homme qui a volé une telle fortune s'empare d'un simple miroir ?

— Peut-être... Mais franchement, pour l'heure, Galeran, je suis plus préoccupé des joyaux que de toute autre chose. Par quoi commençons-nous ?

Ils pénétrèrent dans l'atelier, ouvrant les volets donnant sur l'arrière-cour pour avoir quelque lumière. Le prévôt avait fait enlever le corps, mais une souillure marron restait sur le bois de la table. Rien n'avait été dérangé. Sur les étagères, étaient alignées les pièces d'étain et d'argent, quelques-unes, inachevées, attendaient sur des tables. Dans la coupelle de bois, luisaient les cabochons des pierres précieuses, l'or et l'argent des bagues et des fibules.

— Il n'y a pas eu de lutte, remarqua le Breton. L'orfèvre devait connaître celui qui l'a tué.

— Où donc aurait-il pu cacher les joyaux du Sicilien ? fit le templier en parcourant la pièce des yeux.

— Commencez de ce côté, et moi de celui-là, suggéra Galeran.

Après avoir soulevé une rangée d'aiguières, le jeune homme s'attaqua aux lattes du plancher, les frappant du manche de son coutel, aucune n'était creuse.

Il avait fait glisser les bourses dans sa main et, sans que le templier s'en aperçoive, les glissa dans la gueule béante du four, sous un amas de cendres.

Il s'essuya les mains et continua son inspection comme si de rien n'était. Au bout d'un moment, Geoffroy poussa un soupir et se tourna vers lui.

— Rien, je ne trouve rien, et vous ?

— Rien non plus. Réfléchissons, s'il a eu deux visiteurs, l'homme a peut-être caché les joyaux dans un endroit fort inhabituel. Passez de mon côté et moi du vôtre, même s'il était malin, nous finirons par trouver.

— Il n'y a peut-être rien. On l'a tué pour le voler, voilà tout.

— Peut-être, peut-être pas, fit Galeran en soulevant un pot de métal et en regardant à l'intérieur.

Geoffroy s'approchait du four, y jetait un regard distrait, puis d'un coup, y plongea la main.

— J'ai trouvé quelque chose !

— Quoi ? fit le jeune homme en s'approchant.

Le templier sortit les bourses de sous la cendre et en

dénoua frénétiquement les cordons. Des perles et des pierres de toutes couleurs se répandirent sur le bois de la table.

— Les joyaux ! Notre Commandeur va apprécier la nouvelle. Je vais les lui rapporter de suite.

Galeran hocha simplement la tête, gêné d'avoir dupé son ami.

— Pendant que vous êtes à la Commanderie, demanda-t-il, m'autorisez-vous à passer chez les Flamands, rencontrer Adalard ? Il va nous attendre.

— Tout ce que vous voulez ! Si vous saviez, mon ami, ceci nous ôte un grand poids. Je vous rejoindrai dès que ce trésor sera en sûreté. Par ailleurs, je crois que vous allez être obligé de faire vos excuses à d'Orso. Si ce n'était pas pour le voler, il n'avait aucun intérêt à la mort de Guiral.

— Sans doute.

— Bon sang, Galeran ! s'énerva Geoffroy. Quel singulier personnage vous faites ! Jamais convaincu, n'est-ce pas ?

La porte claqua, et Galeran se retrouva seul dans l'atelier, allant et venant nerveusement d'un établi à l'autre avec le sentiment que quelque chose lui échappait. Son pied buta sur un objet qui acheva sa course dans un tas de copeaux de métal. Il se pencha, essuyant ce qui n'était autre qu'une petite médaille gravée sur l'une de ses faces d'une inscription latine :

— *Vopiscus*, déchiffra le jeune homme.

« Qui survit ». « Celui qui survit ». Qu'est-ce que cela voulait dire ?

— Joseph ! appela-t-il.

— Oui, messire, fit le vieil homme en entrant dans l'atelier.

— Connaissez-vous cette médaille ?

Le vieux prit l'objet, le tourna, le soupesa, y planta les dents et le rendit en secouant la tête avec une moue.

— Non, je l'ai jamais vue. Et puis, le métal est point bon. Mon maître aurait pas fait ça et ça lui appartient pas.

— Quand as-tu nettoyé pour la dernière fois ici ?

— Hier au matin, messire, comme tous les matins. Le maître aime... aimait, que tout soit propre.

— Et cette inscription, *Vopiscus*, cela te dit quelque chose ?

— Non, messire. Je n'entends point le latin.

39

Protégé par les remparts, le champ de Guillaume de Ciré s'étendait de l'angle nord-ouest de la ville jusqu'à la Porte Neuve.

Une enclave était réservée à la culture de l'épeautre et quelques pieds de vigne procuraient un vin honorable à la famille du notable, le reste étant loué aux nouveaux arrivants.

Depuis longtemps, les herbes folles s'étaient muées en bourbier dans lequel pataugeaient les gens. Des piquets soutenaient des toiles servant de tentes aux journaliers qui y prenaient leurs repas. Des bois flottés, de vieilles planches, de la mousse, des branchages, des roseaux séchés, de vieilles coques de bateaux servaient à la construction d'abris.

Les mieux lotis vivaient dans des chariots installés en cercle, au milieu desquels le soir brillaient de grands feux. Parmi eux, les Flamands dirigés par Adalard, étaient les plus nombreux et les mieux organisés.

Une petite ombre s'attachait au pas de Galeran, qui au bout d'un moment s'arrêta, et se retourna.

— Tu me suis maintenant ?

— Que non, messire ! protesta P'tit Louis. Je vais par là, moi aussi !

— Eh bien alors, marchons côte à côte. Je vais rendre visite à maître Adalard.

— Qu'est-ce que vous lui voulez au chef des Flamands ? Et pourquoi le templier était si pressé en sortant de chez maître Guiral ?

— Ah ! Donc tu étais aussi devant chez l'orfèvre ! Te voilà bien curieux !

— Faut bien ! répartit le gamin avec sérieux. C'est mon gagne-pain !

— Cela peut être dangereux, P'tit Louis !

— J'suis point bête !

— Mais peut-être un peu trop sûr de toi, et c'est tout aussi dangereux.

Vexé, le gamin se renfrogna, négligeant du coup ce qu'il voulait confier au chevalier moyennant quelques piécettes. Il savait, lui, qui était l'amoureux de la petite Flamande.

— Allez, ne fais pas cette tête ! s'écria Galeran en lui ébouriffant les cheveux.

— Même que c'est peut-être bien grâce à moi que vous trouverez celui que vous cherchez, rétorqua le gamin, la mine boudeuse.

— Qui crois-tu donc que je cherche ?

— Celui qu'a tué les filles et le Guiral.

— Ne t'occupe pas de ça, tu entends !

— Oui, oui, murmura le gosse en baissant la tête puis, avec vivacité : Vous croyez le trouver chez les Flamands ?

Le chevalier soupira. Il n'avait jamais su y faire avec

les enfants. Cela lui rappelait trop ses démêlés avec Arzhel, sa sœur cadette.

— Parle-moi plutôt d'Adalard, que sais-tu de lui ? demanda-t-il en se frayant un passage au milieu de femmes qui, leurs paniers sur la tête, partaient laver le linge.

— Y paraît qu'il est là depuis bientôt cinq ans. On dit qu'il est arrivé pauvre comme un gueux. Des brigands lui avaient tout pris sur les routes, maintenant il est marchand d'épices et y vient d'acheter un étal sur la Grant'Rue. Tiens, le v'là ! Y vous a vu, je vous laisse !

— Le bonjour, messire chevalier, je vous attendais, fit le Flamand en venant à la rencontre du jeune Breton la main tendue. Frère Geoffroy, n'est pas avec vous ?

— Il nous rejoindra.

— Bien, fit l'homme dont le visage était rougi par le froid. Je reviens du port, ça souffle là-bas, remarqua-t-il. Venez jusqu'à mon chariot, on y sera mieux pour causer !

Le Flamand se hissa sur la plate-forme d'un long charroi et pénétra dans ce qui ressemblait à une sorte de cabane érigée dessus. Galeran y entra à sa suite. La pièce était garnie d'une paillasse et d'une multitude de coffres. Rien de superflu. Dans un coin étaient empilés des petits sacs de peau, sur une caisse, une balance à main, des poids de métal. Sur les parois et aux plafonds pendaient des fleurs et des feuillages séchés. Une odeur entêtante d'épices flottait dans l'air.

— Asseyez-vous, fit le Flamand en prenant place

sur l'un des coffres. Il est bien tôt encore et j'aime manger et boire quand ça pique ainsi.

Il ouvrit une caisse à ses pieds, en sortant une jarre, une miche de pain et du lard enveloppé dans un torchon.

— De quoi nous réchauffer.

Il découpa une tranche de pain, posa le lard dessus et les tendit au chevalier.

— Il y a des écuelles dans la caisse sur laquelle vous êtes assis.

Galeran se leva, et saisit deux écuelles de terre.

— Vous avez deviné quel est mon métier, n'est-ce pas chevalier ? demanda le Flamand en versant du vin à son hôte.

— J'ai même appris que vous avez acheté un étal sur la Grant'Rue.

— Je n'en fais pas mystère, savez. J'espérais cela depuis que je suis arrivé ici, pieds nus avec pour toute richesse mes braies et ma chainse.

— On m'a dit cela. Mais alors comment avez-vous pu...

— ... devenir celui que je suis aujourd'hui ? À cause de quelques graines, messire, oubliées par les pendards qui m'ont laissé pour mort sur la route. Une petite bourse de cuir emplie de graines. Dépités de n'y point trouver d'or, ils l'ont jetée. Quand je suis revenu à moi, j'ai tout ramassé, c'est grâce à elles que je suis là et que le sort a tourné. Il y avait dedans toute ma fortune : poivre et muscade des Indes, garingal, clous de girofle, zédoaire, cannelle de Chine, cardamome d'Arménie, cumin d'Égypte et graines de paradis. Alors comment trouvez-vous ce vin, messire ?

— Fort bon, maître Adalard, fort bon ! On vous dit habile homme.

— Les gens disent beaucoup de choses, messire, des bonnes et des moins bonnes. Et je suis bien sûr que vous ne croyez que les vérités que vous découvrez vous-même.

— C'est vrai, maître Adalard, répondit le chevalier à qui le Flamand était sympathique. Parlez-moi de cette jeune Isabelle. Vous aviez l'air touché par sa mort au moins autant que ses parents.

L'homme hocha la tête, il n'avait presque pas mangé et une soudaine rougeur envahit son visage.

— Je voudrais comprendre comment elle a pu suivre un étranger, insista Galeran.

— Elle était jolie, très jolie et douce. Son seul défaut était sans doute d'avoir, comme toutes les jeunes filles, envie de croire à tout ce qu'on lui disait.

— Vous avez l'air de lui porter grande affection.

— Oui, messire. Autant vous le dire avant que vous ne le découvriez vous-même, j'avais demandé sa main à ses parents. Elle était ma fiancée.

— Pourquoi ne pas l'avoir dit au prévôt ?

— Je n'y arrivais pas, murmura Adalard si bas que le chevalier eut du mal à l'entendre. Pas hier, pas devant elle... pas devant ce que cachait ce drap...

— Que croyez-vous donc qu'il cachait ?

— Un corps souillé, répondit le Flamand d'une voix rauque. Je n'aurais de cesse, messire, de trouver celui ou ceux qui ont fait ça !

Des larmes montaient à ses paupières. Galeran détourna un instant le regard, lui laissant le temps de se reprendre. Sa douleur paraissait sincère, mais l'était-elle vraiment ? Les paroles de son maître, le chevalier de Saint-Michel, lui revinrent : « *La création nous ment moins souvent que les hommes et toutes leurs raisons.* »

40

Adalard avait mené le chevalier à travers le campement jusqu'à une sorte d'enclos où un homme d'une grande maigreur examinait leur troupeau. Une épaisse barbe blanche et une moustache lui mangeaient le visage, il palpait avec douceur le ventre d'une vache du bout de ses doigts osseux.

— C'est lui qui a soigné Isabelle. On l'appelle la Pierre. Il ne cause guère, mais il connaît son art.

Les deux hommes se glissèrent entre les barres de l'enceinte.

— La Pierre, dit le Flamand, c'est bien que tu sois venu.

— Pas grave, grommela le guérisseur en se redressant, donnant une tape amicale sur la croupe de la bête. C'est l'eau qu'était salaude. Faudra faire attention et lui donner un remède au brou de noix et à la racine d'aulne.

Ce disant, l'homme observa Galeran de ses petits yeux profondément enfoncés dans ses orbites, puis son regard revint se poser sur le Flamand, attendant de savoir ce qu'on lui voulait.

— J'aimerais, la Pierre, fit Galeran après s'être présenté, que vous nous parliez de la jeune Isabelle que vous avez soignée.

— L'a guéri.

Le Breton pensa qu'il devrait formuler ses questions autrement.

— Qu'avait-elle donc ?

— La toux. L'était fragile, pas d'ici. Le vent, tout le monde y supporte pas.

— Que lui avez-vous donné pour qu'elle guérisse ?

— De la farine de lin en cataplasmes. Et puis, la Quinquin m'a préparé les plantes.

— La Quinquin ?

— Celle qui cherche les plantes.

— Je sais qui c'est, remarqua le Flamand. Une vieille qui vit avec un aveugle près de la porte Mallevault.

— Quinquin, mais oui ! s'exclama le chevalier, se rappelant la vieille à qui il avait fait l'aumône. Celle qui chante cette drôle de chanson.

— Une comptine d'Alion, fit le vieux. Bon, je m'en vais. Pensez à l'eau qu'est salaude. Je reviens bientôt avec les plantes. En attendant, faites marcher les bêtes. Elles bougent pas assez.

— Alion ?

— Ben oui, le château d'Alion ! répondit le vieux, en haussant les épaules. La Quinquin, elle est comme moi et beaucoup d'autres ici, elle vient de Pélenerte.

Et sans en dire davantage, l'homme ramassa un sac de toile qu'il avait accroché aux piquets et s'en alla. Il marchait lentement, le nez baissé, s'arrêtant à chaque instant pour ramasser des cailloux qu'il rejetait sur le côté en marmonnant, ou qu'il glissait dans sa besace avec un drôle de sifflement.

41

Hersende avançait vite, se frayant un passage dans la foule, maintenant serré contre elle son encombrant et précieux colis. Elle avait tenu promesse, retirant la statue de l'autel où elle reposait, l'arrachant au cérémonial, à sa vie souterraine, au culte qui lui était voué. Évitant le regard de pierre bleue, elle l'avait enveloppée d'un linge et ficelée avant de prendre le canot pour La Rochelle.

Le marin en voyant l'état du ciel lui avait demandé de se hâter. Le cœur battant à se rompre, elle marchait à pas pressés vers la rue de la Taupinerie. Elle ne tenait pas à ce qu'on remarque son absence à l'île de Ré.

Sans qu'elle en prenne conscience, depuis qu'elle avait mis pied à terre sur l'îlot du Perrot, une ombre mêlée à la foule la suivait.

Elle ralentit enfin en apercevant l'abri, regardant autour d'elle, craignant de voir apparaître à nouveau la vieille folle. Il n'y avait personne, sauf une gamine qui jouait dans la boue à quelques pas de là.

Le soleil entra avec elle dans la pièce vide. Elle referma le battant, s'y appuya un moment puis déposa avec précaution la statue debout au milieu de la pièce.

Elle n'osait en défaire les liens ni le tissu, de peur d'affronter à nouveau l'étrange regard bleu.

Elle savait trop qu'en l'apportant ici, le sang allait couler, qu'en faisant disparaître la statue, elle condamnait à mort le spectre qui l'honorait. Mais qu'importe ! Que n'aurait-elle fait pour lui ?

Un bruit infime sur le sol. L'impression que la statue avait bougé, elle essuya son front en sueur. La statue était maudite comme celui qu'elle représentait.

Épuisée, elle se laissa tomber sur le lit de camp, juste au moment où la porte s'ouvrait.

Il ne dit rien, se contentant de la regarder, puis de contempler la silhouette emmaillotée dressée au milieu de la pièce.

— Tu as tenu promesse, remarqua-t-il.

Et il y avait de l'admiration dans sa voix.

— Oui.

Il resta un moment à la regarder, puis à contempler à nouveau la statue, comme s'il ne pouvait y croire.

— Viens, viens près de moi ! murmura Hersende dans un souffle.

Il s'approcha et se laissa tomber sur le sol, s'agenouillant contre le bois du lit.

— Mon aimée. Tu as tenu promesse ! répéta-t-il en lui caressant les mains, puis les cheveux, en effleurant son visage.

Au contact de ses doigts sur sa peau, elle sentit son corps se ranimer. Une chaleur sourde enflammait son ventre. Une douleur. Elle avait mal de lui. Elle l'attira contre elle, baisant ses lèvres avec fougue, les forçant à s'écarter de sa langue, explorant sa bouche à en perdre haleine.

Mais, comme à chaque fois, il s'arracha à son étreinte et se mit debout.

— Non, fit-il, attends !

— Que veux-tu que j'attende ? protesta-t-elle sauvagement en se dressant à son tour et en collant son corps contre le sien. Je t'ai toujours attendu, toute ma vie de femme laide, je t'ai attendu, je t'ai aimé. Que veux-tu de plus ? Viens, je t'en prie, viens ! Ne t'ai-je point assez donné ?

Ébranlé par ces mots, il l'enlaça, lui rendant ses baisers, enfouissant son visage dans son cou avant de déchirer sa chainse et de faire jaillir des seins lourds que nul, hormis lui, n'avait jamais effleurés.

Il prit la chair blanche et douce, y porta les lèvres, mordillant le mamelon qui pointait jusqu'à ce qu'elle crie de douleur et de plaisir, alors il l'allongea sur le sol et se coucha sur elle, glissant ses doigts dans l'échancrure de ses braies.

Elle gémit plus fort, se mordant les lèvres pour ne pas crier. Le feu la possédait tout entière, ses yeux se fermaient...

Il parut revenir à lui, se relevant d'un coup et allant s'asseoir sur son lit, la fixant de son regard clair, si jeune soudain, si mince et beau, si différent d'elle.

Et elle, qui restait allongée au milieu de la pièce, les yeux agrandis d'une horreur qu'elle était seule à comprendre.

— Rhabille-toi. Hersende, rhabille-toi ! fit-il gêné par l'expression de son visage. Je ne peux pas ! Je ne peux plus !

Elle ne dit rien, elle restait immobile avec ses bras en croix, son corsage déchiré et ses seins lourds.

C'est alors qu'il entendit la voix, la voix qui venait du passé, la voix qui répétait sans se lasser les mêmes paroles, la même lugubre comptine :

« *Quinquin, quincaille,*
Le roi des papillons,
En se faisant la barbe,
S'est coupé le menton.
Uni, une aile,
Des figues nouvelles,
Du raisin doux,
Ti choux... »

Un frisson courut sur le corps d'Hersende qui se rajusta sans un mot et se releva d'un bond. La porte claqua. Elle était partie.

— Hersende ! s'écria-t-il. Hersende, reviens !

Il resta un long moment, sa joue appuyée sur la porte, ses ongles griffant le bois, puis enfin, il se détourna et la vit. La statue.

« *Uni, une aile,*
Des figues nouvelles,
Du raisin doux,
Ti choux... »

SIXIÈME PARTIE

« Cependant Caïn dit à son frère Abel : “Allons dehors” et comme ils étaient en pleine campagne, Caïn se jeta sur son frère Abel et le tua.

Yahvé dit à Caïn : “Où est ton frère, Abel ?”

“Je ne sais pas. Suis-je le gardien de mon frère ?” »

Genèse 3.

42

Galeran avait laissé le Flamand, lui enjoignant de faire son enquête parmi les siens, et était reparti, retrouvant P'tit Louis qui l'attendait assis sur la margelle d'un abreuvoir.

Le gamin se laissa tomber à terre et reprit sa place aux côtés du chevalier. Il se dressait de toute sa petite taille, essayant de régler son pas sur le sien. Fier de montrer que celui-là, avec son bliaud pourpre, sa longue épée et sa broigne de cuir bardée de métal, était son ami.

— Où allons-nous ? demanda-t-il au bout d'un moment.

Perdu dans ses pensées, le chevalier dut faire un effort pour ramener son attention vers lui.

— Voir la Quinquin. Tu la connais ?

— Ah ouiche ! C'est pas une mauvaise, mais elle a du sable dans le crâne ! Qu'est-ce vous lui voulez ?

— Lui causer.

Le gamin partit d'un bon rire.

— Mais personne y peut causer avec la Quinquin, fit-il en se tapant sur le front. Du sable qu'elle a là-dedans, j'vous dis, du sable !

— On verra bien. Si tu sais où elle habite, guide-moi. Tu savais qu'elle venait de Châtelaillon ?

— Ouiche, et paraît qu'avant c'était presque une dame et qu'elle était gironde ! C'est-y possible ça ?

Le chevalier haussa les épaules.

— Vous me donnerez quelque chose si je vous aide ?

— Un pâté tout chaud, ça te va ?

— Oh oui !

— Tu l'auras, mais maintenant silence, et passe devant !

43

Ils entendirent la Quinquin bien avant de l'apercevoir :

— « *Quinquin, quincaille,*
Le roi des papillons,
En se faisant la barbe,
S'est coupé le menton... »

— Laisse-moi, P'tit Louis ! ordonna soudain le chevalier. Je ne veux pas qu'elle nous aperçoive ensemble.

Un peu vexé, le gamin marmonna :

— Comme vous voulez.

Et disparut dans une venelle entre les masures de la rue de la Taupinerie.

Alors qu'il le regardait se dissimuler, une forme emmitouflée dans un mantel heurta Galeran. Il eut à peine le temps de reconnaître dans cet être blafard, Hersende, les traits figés, les yeux fous. Hersende qui s'enfuyait comme si elle avait l'enfer aux trousses ! Il l'appela en vain, puis finit par se détourner, guidé par la voix :

— « *Uni, une aile,*
Des figues nouvelles,
Du raisin doux,
Ti choux... »

La vieille assise sur le pas de sa porte, son jupon traînant dans la boue, cassait des noix avec une pierre. À côté d'elle, l'aveugle, les yeux bandés, avait repris la même position que la veille, son morceau de bois serré contre le torse, marmonnant des mots sans suite.

— Je te salue la Quinquin, fit le chevalier en s'inclinant devant elle comme s'il eût été avec une dame.

— « *Quinquin, quincaille,*
Le roi des papillons... », je me souviens de vous ! fit soudain la vieille en s'arrêtant de chanter. C'est pas souvent qu'un chevalier y m'donne des sous. Vous venez me les reprendre ?

— Non, la Quinquin. Je peux même t'en donner d'autres !

— Fleurs de bouillon blanc, bourrache, genévrier, mousse, lierre, mauve, bourgeons de pin et de la myrte, fit la vieille. C'est ce que j'ai porté à l'étrangère. L'était mignonne, trop mignonne, avec ses longs cheveux dorés.

— Comment savais-tu que je viendrais te voir pour ça ?

— « *En se faisant la barbe,*
S'est coupé le menton... » Je sais beaucoup de choses que vous voudriez savoir, s'exclama-t-elle soudain. Même le nom du compagnon que vous aviez l'autre jour. Dans mon temps, c'était le seigneur de Matha, et paraît même que la concubine était sa promise. Y devaient se marier.

— Quoi ! De qui parles-tu ? D'Orengarde ?

— Oui da, la belle Maudite, c'est comme ça qu'on l'appelait au château, mais c'est le sanglier qui l'a volée et déflorée. Ah ça, pour la déflorer ! Il a su y faire, le ladre ! Et bien des fois, s'est remis à l'ouvrage ! L'a eu tant d'enfants la belle Maudite, l'a eu tant d'enfants...

Galeran ne savait plus que dire, imaginant la souffrance de Geoffroy et son départ vers l'Orient pour y chercher, sans la trouver, une noble mort. Il avait bien des raisons de tuer, mais aurait-il pu s'en prendre à des gamines ? Le chevalier se refusait à cette idée.

— J'ai revu la petite Isabelle, continuait la vieille sans paraître remarquer son désarroi.

À côté d'elle, l'aveugle sortit de sa torpeur, il étreignait frénétiquement le morceau de bois flotté en glapissant :

— Non, pitié, ne me faites pas mal !

Puis, il se remit à se balancer d'avant en arrière, un filet de bave coulant de la commissure de ses lèvres. La vieille avait frissonné en l'entendant, mais elle continua son récit :

— Ouiche, l'était venue me voir. L'était plus dégourdie qu'y paraissait, la drôlesse, baragouinait déjà un peu not'langue. Elle voulait des herbes pour son amoureux. Un philtre pour qu'y soit ardent comme braise.

— Son amoureux ? Le Flamand, maître Adalard ?

La vieille secoua négativement la tête.

— Non pas celui-là, l'était bien trop vieux pour elle, c'était...

Elle se tut d'un coup, le visage déformé par la peur.

Rentrant la tête dans les épaules, elle regarda autour d'elle avant de faire signe au chevalier de se pencher :

— Faut point trop parler, y pourrait nous entendre, le p'tit démon ! L'avez vu mon fils dans quel état ils l'ont mis ?

— L'aveugle est ton fils ?

— Oui da, c'est le vieux seigneur qu'a fait ça ! Jamais j'ai pardonné... Jamais je pardonnerai à ces maudits !

— Tu parles d'Isembert d'Alion, n'est-ce pas ?

La vieille ne répondit pas, murmurant si bas que le Breton se demanda s'il n'avait pas rêvé ces sinistres paroles :

— « *Quinquin, quincaille,*
Le roi du château d'Alion,
En se faisant la barbe,
S'est coupé la gorge.
Uni, une aile,
Des roses nouvelles,
Du sang roux,
Si doux... »

La vieille se tut d'un coup. Caressant doucement la tête de son fils, elle se remit à casser des noix. Galeran sentit qu'elle n'en dirait pas plus, posa une piécette à côté d'elle et fit demi-tour.

Maintenant, il avait un suspect de plus pour la mort d'Isabelle, le Flamand, son fiancé, qui aurait pu la tuer par jalousie sachant qu'elle sortait avec quelqu'un d'autre. Mais pourquoi aurait-il tué la fille de l'orfèvre ? Rien de tout cela ne le satisfaisait vraiment.

Et Geoffroy de Matha, le promis d'Orengarde ? La

femme aux longs cheveux blonds cendrés. La clé était là, il en était sûr maintenant, dans les chevelures d'or des victimes.

Geoffroy était avec lui à Ré, il ne pouvait avoir tué... À moins que... Il se rappela les paroles de l'infirmier, disant que la mort pouvait remonter à deux jours, donc avant leur départ vers l'île. Et la première victime ? se demanda-t-il cherchant avec désespoir à exclure le templier de cette sinistre affaire. Quand Nicolas de Ciré en avait parlé, Geoffroy avait dit ne pas s'en souvenir. Était-il déjà à La Rochelle à ce moment-là ? Il lui faudrait vérifier.

44

— Et mon pâté ? fit soudain une petite voix à côté de lui. Dites donc, elle vous aime bien la Quinquin moi, elle m'aurait jamais parlé autant !

— Où étais-tu ? grogna le chevalier.

— Juste derrière, mais j'écoutais pas vraiment, protesta le gamin avec vivacité.

— Non, tu gagnais ton pain ou plutôt ton pâté ! soupira Galeran. Connais-tu quelqu'un qui puisse me parler de Châtelaillon ? Qui aurait vécu au château ?

— Oui, peut-être ben, répondit le gamin en hésitant. Mais d'abord, j'voudrais que vous me racontiez une histoire.

— Une histoire ? fit le chevalier en arrêtant une vendeuse à la criée. Attends, je crois que j'ai trouvé ce qu'il te faut ! Et à moi aussi d'ailleurs !

La femme portait, accrochée à son cou par des sangles de cuir, une cagette où reposaient bien rangés sur un linge blanc d'appétissants pâtés à la croûte dorée.

— Combien pour ces trois-là, damoiselle ?

— Pour vous, deux petites piécettes, mon doux sire, fit la marchande avec une œillade appuyée au jeune chevalier.

— Tenez la belle, et grand merci, répondit Galeran en lui tendant l'argent.

Les yeux brillants de convoitise, P'tit Louis n'avait pas perdu un mot de l'échange.

— Tu disais donc une histoire, reprit Galeran en lui tendant un des pâtés.

— Oui, j'vous conduirai chez ma mie qui vient de Châtelaillon, si vous me dites celle des templiers. Vous, au moins, vous me direz la vraie !

Le chevalier hocha la tête et répondit gravement :

— Sinon, je suppose que tu refuseras de me présenter ta mie ?

— Ben oui. Je préfère la garder pour moi seul ! (Il scruta le visage aux pommettes hautes du chevalier et ses yeux clairs, et ajouta :) Et, on sait jamais, vous êtes plutôt bel homme, bien qu'un peu vieux, elle pourrait vous trouver plus beau que moi ! Par contre, si vous me dites pour les templiers, je vous mènerai la voir.

— Affaire conclue ! fit Galeran, amusé malgré lui. Où habite-t-elle ?

— Le long de l'étier du Lafond.

— Alors voilà ce que je te propose : allons nous asseoir sur les quais de la Grande Rive pour manger nos pâtés pendant qu'ils sont chauds. Nous en garderons un pour ta mie et je vais te conter ce que je sais de l'histoire des templiers.

Un grand sourire illumina la face constellée de taches de rousseur du gamin.

Quelques instants, plus tard, assis sur un rouleau de cordage, la bouche ouverte, son pâté à la main, il en oubliait de manger, tant le récit l'avait attrapé.

— Ces chevaliers du Christ doivent s'avancer sans peur face à l'ennemi, disait Galeran. Ils ont revêtu leur poitrine de la cotte de mailles, leurs âmes de l'armure de la foi. Avec cela, ils ne craignent ni homme ni démon.

— Ni homme ni démon, répéta consciencieusement l'enfant.

— Il faut que tu saches, poursuivit le Breton, que malgré la présence des Musulmans à Jérusalem, malgré les dangers et la mort qui les guettaient, les pèlerins se sont toujours rendus en Terre Sainte. Et puis, voici une quarantaine d'années, en été 1099, les croisés ont repris Jérusalem. Malgré cela, aucun chemin n'était sûr. Nombre d'hommes, de femmes, de vieillards et d'enfants continuaient à mourir, massacrés par les flèches des pillards ou le tranchant des sabres, les plus chanceux finissant esclaves.

— Jérusalem, murmura l'enfant. C'est vrai qu'elle resplendit comme une pierre précieuse ?

— « Elle peut se passer de l'éclat du soleil et de celui de la lune car la gloire de Dieu l'a illuminée, dit la Bible. Rien de souillé n'y pourra pénétrer ni ceux qui commettent l'abomination et le mal »... C'est ainsi qu'est décrite la Jérusalem céleste. Et bien des Chrétiens ont voulu que celle d'Orient lui ressemble en tout point. C'est pour cela que deux chevaliers choisirent de défendre et de protéger les pèlerins. Le premier de ces hommes s'appelait Hugues de Payns, et était originaire de Champagne, le second était Geoffroy de Saint-Omer.

— Et à eux deux, ils affrontaient tous les Musulmans ! s'exclama P'tit Louis qui voyait défiler sous ses yeux toutes les merveilles et les dangers de l'Orient.

Galeran sourit, mais ne répondit pas et l'enfant murmura :

— Hugues de Payns et Geoffroy de Saint-Omer.

— Ils furent bientôt rejoints par neuf autres compagnons. Le roi Baudoin II, troisième roi de Jérusalem, les avait en haute bienveillance. Il les hébergea longtemps en son palais près du Temple. Et enfin, il leur offrit leur première demeure qui devint la maison mère de l'ordre, l'ancienne mosquée El Aqsa, bâtie sur l'emplacement même du Temple de Salomon. C'est à ce moment que nos chevaliers prirent le nom de « *Pauperes commilitones Christi Templique Salomonis* », pauvres soldats du Christ et du Temple de Salomon. Et pauvres, ils l'étaient, n'ayant bien souvent qu'une seule monture pour deux.

— Tout comme moi ! s'exclama P'tit Louis. Alors, je pourrais devenir templier, puisque je suis pauvre !

— Mange, P'tit Louis ! Il faut repartir. Je te conterai la suite, plus tard !

En trois bouchées, l'enfant avala voracement son pâté en croûte, et s'essuyant la bouche d'un revers de manche, entraîna le chevalier derrière lui, chantonnant d'une voix aiguë en sautant d'un pied sur l'autre :

— « *Qui sont-ils les gens qui sont riches ?*
Sont-ils plus que moi qui n'ai rien ?
Je cours, je vas, je vir', je viens
J'ai pas peur de perdre ma fortune
Je cours, je vas, je vir', je viens
J'ai pas peur de perdre mon bien. »

45

Non loin des moulins templiers que le vent de noroît faisait grincer, une femme assise devant une petite maison de bois couverte de roseaux réparait des filets. Un grand sourire éclaira son visage à la vue de P'tit Louis. Un sourire qui s'éteignit bien vite quand elle s'aperçut que le chevalier l'escortait.

Elle posa son ouvrage et, secouant son jupon, vint à leur rencontre.

— Tout va bien, P'tit Louis ? fit-elle l'air inquiète.

— Ah ouiche ! fit le gamin en prenant sa main dans la sienne. Chevalier, je vous présente ma bonne amie, la Rosette.

La femme s'inclina maladroitement devant le Breton. Elle n'était plus toute jeune, mais appétissante de forme et avec dans le regard, une douceur qui fit comprendre à Galeran pourquoi l'enfant l'avait choisie.

— Je le laisse dire, fit-elle en haussant ses épaules rondes, il a bien le temps. Il en verra des filles qui vont lui plaire.

— Aucune comme toi, ça pour sûr ! protesta le gamin. Mais bientôt je serai riche et je m'occuperai de toi. Tiens, le chevalier y t'a acheté un pâté tout chaud.

— Oh merci, messire, y fallait pas.

— Pouvons-nous causer un peu, damoiselle Rosette ?

— Oh, fit la femme en rougissant, jamais personne y m'appelle ainsi, messire ! Savez, j'étais lingère au château d'Alion et maintenant, je fais toutes sortes de choses, mais je veux plus servir chez les seigneurs.

— Rosette, j'aimerais que vous me parliez de la vie au château.

— Bien, messire, comme vous voudrez.

— Avez-vous connu la Quinquin ?

— Oh oui, même si elle s'appelait point comme ça. C'était une brave femme avant, fit Rosette en se rasseyant, ses doigts courant avec habileté sur le filet.

— Avant ?

— Elle était la nourrice de la famille du seigneur Isembert, et son fils, le pauvre, y travaillait le bois. Avec le vieux seigneur, croyez bien que la nourrice, elle chômait pas ! Y'en avait des bâtards à naître avec toutes les filles qu'il engrossait !

— La Quinquin m'a dit que c'est le vieux qui s'en est pris à son fils.

— C'est vrai, mais on sait pas bien pourquoi. C'était beau ce qu'y faisait le Jean, fallait voir, le bois et lui, ça faisait qu'un ! Au château, on était toutes amoureuses de lui, mais y nous regardait pas. La seule chose dont il était fou, c'était les arbres. On venait de fort loin pour lui commander des meubles, des statues pour les églises et même des bateaux !

La femme hésita, et le chevalier l'encouragea d'un geste.

— Un matin, j'étais pucelle à l'époque mais je m'en souviens comme si c'était hier, le seigneur a fait conduire Jean sur la place du pilori, et là, devant tout le monde, il a été fouetté jusqu'au sang, et Guillaume Normand, l'infâme, avec un fer au rouge, lui a crevé les yeux. Tout ça devant Orengarde, Hersende et toutes les femmes et les enfants du château. Peut-être Jean tournait un peu trop autour d'Orengarde. Je l'avais surprise un soir sortant de son atelier. Après, la Quinquin, elle a récupéré ce qui restait de son fils, et elle a disparu. Je l'ai revue en arrivant ici, vêtue comme une gueuse, et lui qui n'a plus sa tête. C'est y pas un malheur ! J'ai encore froid partout quand je me souviens de ses hurlements de douleur.

Le vent s'était levé. Rosette frissonna, rajustant le châle qui protégeait ses épaules.

— Si vous voulez, messire, entrons chez moi. Je ranimerai le feu.

Elle se tourna vers l'enfant qui était resté à écouter, la bouche ouverte tant ces histoires le passionnaient.

— Allons ferme la bouche, fit la femme en se moquant gentiment, ou bien les mouettes y viendront faire leur nid ! Va plutôt nous chercher du petit bois !

Le gamin faillit répondre, puis haussa les épaules et se leva, partant en courant sur le chemin, et s'arrêtant pour donner des coups de pied dans les cailloux.

— Il est fâché, ça lui passera, fit la Rosette. Il est un peu jaloux et voudrait tant qu'on le considère en homme. Mais il en a déjà tant vu, je préfère qu'ici il soit un enfant. Entrez, messire !

Une fumée épaisse s'échappait par une ouverture dans le toit. Sur une pierre plate achevaient de se consumer des bouses de vaches et de la paille d'orge. Rosette jeta des brandes de bruyère et une bûchette avant de s'asseoir sur un rondin en face du chevalier.

— Vous connaissiez la fille d'Isembert, Hersende ? reprit Galeran.

— Ah ouiche ! Toutes les deux, on est nées le même jour. Un mois de décembre où il faisait si froid que la mer avait gelé dans le chenal d'Angoutte et dans le coi de Punay. Enfants, on jouait ensemble. Mais y avait rien à faire, elle était pas comme les autres et quand elle est devenue femme, ça a été pire. Toujours à faire des mystères, on la disait un peu sorcière. Quand ils ont pris le château, elle a fui avec son père à L'Isleau puis à Ré.

— Quels étaient ses rapports avec dame Orengarde ?

— Orengarde ! Croyez qu'elle vit encore ?

— Oui, je l'ai vue à Ré.

— J'ai toujours pensé qu'elle ne passerait pas la nuit, mais elle a tenu des années, aussi résistante qu'un roseau. C'est drôle ! On était toutes à la protéger contre Isembert. Mais elle est devenue un peu folle ! Imaginez qu'elle est passée de ses jouets en chiffons et d'une famille qui l'adorait, à ce monstre qui l'a enlevée, violée et engrossée alors qu'elle n'avait que douze ans ! En plus, ma mère disait que la famille d'Orengarde l'avait promise à un seigneur de Matha, ancien compagnon d'Isembert. Je ne l'ai jamais vu celui-là ! De dépit, il était parti à la croisade et il y était mort. Toujours est-il que la petite, tout le monde en avait pitié. Le seigneur lui laissait pas de répit, même qu'y s'était passé de drôles de choses. Une fois, je me souviens, Orengarde était grosse d'un nouvel enfant, et si malade qu'Hersende a mis une jeune et jolie servante à sa place dans la couche de son père. Furieux, Isembert a fouetté la fille jusqu'au sang, la laissant pour morte. Il hurlait tant qu'Hersende a fini par reconduire Orengarde près de lui.

— Pourtant Hersende ne m'a pas donné l'impression d'aimer sa belle-mère.

— Oh si, elle l'aimait même trop !

— Trop ?

— Pas comme on doit s'aimer entre femmes. Elle lui baisait le visage, les lèvres. Orengarde était devenue son enfant, ou sa poupée. Vous savez quand elle est arrivée au château, elle avait au moins deux ans de moins que nous et si fine, belle et fragile. Tout de suite, Hersende l'a prise sous sa protection. Ensuite, allez savoir pourquoi, alors qu'Orengarde avait seize ans, je me souviens, elle était grosse à nouveau, Hersende s'est détachée d'elle et même elle s'est mise à la haïr. J'ai pensé, sans jamais pouvoir le vérifier, qu'il y avait entre elles une histoire d'amoureux.

Le chevalier hocha la tête.

— Et Isembert ?

— Y terrifiait, messire, ça pour sûr ! On dit que le ciel l'a puni ! La Mélusine l'a pris son château, car il ouvrait plus la porte aux pauvres ! Même ses gens ne voulaient plus de lui, ni de ses bâtards !

— C'est pourquoi il a été trahi par les siens.

— Même moi, je l'aurais trahi, murmura la Rosette, tant il était...

La femme hésita. P'tit Louis venait d'entrer avec une brassée de petit bois qu'il jeta dans le feu.

— Continuez.

— Quand l'âge l'a pris, il est devenu fou, comme les grands cerfs à toujours combattre les jeunes mâles. Oh, messire, tout ça c'est si loin ! protesta la femme. J'ai quitté mon pays, ma mère est morte. Le château d'Alion est tombé alors que je le croyais invincible. Il est tombé sans presque combattre, miné de l'intérieur.

Et puis, il y avait notre colline de Pélenerte. Savez, messire, je l'aimais, cette colline au-dessus des flots avec ses falaises qui tombaient à pic dans la mer, les aubépines sur les murs du cimetière, les lucioles qui dansaient autour de nous les nuits d'été, le cri des oies sauvages au-dessus des toits de la ville. J'aimais Châtelaillon et je ne connaissais rien de plus beau que ses tours et ses murailles de plus de six pieds de large. Et le donjon de l'Aigle, au-dessus du havre des bateaux ! Si haut, si fort. Et les voiles rouges des bateaux aux mufles de fer et nos flottilles de pêche... C'était magnifique !

La Rosette se tut, elle paraissait perdue dans de bien sombres pensées, enfin elle ajouta :

— Je n'ai jamais voulu y retourner. Je sais que Pélenerte est là, de l'autre côté de la baie, et je prie saint Romuald de la protéger jusqu'à la fin des temps.

46

Alors qu'il s'en retournait à pas lents vers l'enclos du Temple, de singulières idées venaient au Breton. Ainsi donc, tout était vrai : l'histoire de Geoffroy, celle d'Isembert et d'Orengarde. Plus il questionnait les gens qui l'entouraient, et plus il lui semblait que les racines des meurtres plongeaient profondément dans le passé. Un passé où Isembert était le seigneur tout-puissant de la région, un seigneur que les siens avaient trahi.

De près ou de loin, tous ceux qu'il avait rencontrés étaient liés au château d'Alion, à commencer par Geoffroy, mais aussi la vieille Quinquin et son fils aveugle, le guérisseur, Rosette... Et qui d'autre encore ? Une pièce manquait dans cette partie d'eschets qu'il jouait avec le meurtrier, une seule pièce. Il songea à la médaille qu'il avait gardée. *Vopiscus*, qui survit ? Se pourrait-il que...

— Chevalier ! Chevalier ! s'écria une voix, interrompant le cours de ses pensées.

Il se retourna, faisant face à Aymon. Le visage rouge d'avoir couru, le jeune homme essaya de reprendre son souffle, haletant :

— Je vous ai cherché partout, messire. Mon maître

vous attend devant le portail du Temple. Il escorte le géographe au port du Plomb. Il souhaiterait que vous l'accompagniez. Je vous ai sellé un des chevaux.

— Merci, fit distraitement Galeran, plus préoccupé des vérités qu'il croyait entrevoir que de ce que venait de lui annoncer l'écuyer. Passe devant, je te suis.

Plutôt que d'obéir, ce dernier se pencha et murmura :

— Les joyaux, messire, les joyaux...

— Eh bien, quoi les joyaux ? rétorqua Galeran agacé par son insistance. Ton maître les a trouvés chez l'orfèvre et les a rapportés au Commandeur. L'ordre des templiers en est garant jusqu'à Saint-Denis. Tout est bien ainsi.

— Mais, comment allez-vous faire juger ce d'Orso maintenant ? Le prévôt est venu l'interroger. Il a tout nié, il proclame son innocence. Je ne vous comprends plus, ajouta l'écuyer, marmonnant entre ses dents.

— Ne t'occupe pas de ça. Il y avait dans l'atelier du joaillier quelque chose qui accusait le meurtrier bien plus sûrement que les joyaux, et ce quelque chose est là où il doit être.

— Que voulez-vous dir...

— Allons-y Aymon ! le coupa Galeran en le poussant d'une bourrade devant lui. Geoffroy, tu dois le savoir mieux que moi, ne cultive guère la patience !

47

Malgré les précautions prises par le templier obligeant Al Idrisi et son homme de main à enfiler des mantels sombres par-dessus leurs vêtements, leur sortie de La Rochelle ne passa pas inaperçue.

La foule était agitée et se pressait sur le passage des cavaliers. L'aspect singulier et la richesse des Arabes, les turbans qui ceignaient leurs crânes, leurs lames courbes excitaient les gens. On murmurait que c'étaient des infidèles, des prisonniers. On s'étonnait qu'ils ne soient pas liés par des chaînes. Les femmes crachaient devant eux. Des gamins essayaient de toucher les selles, les étriers, la robe soyeuse des palefrois.

Rendu nerveux par la cohue, le magnifique animal d'Al Idrisi fit un écart, bousculant une vieille qui hurla des injures. Des hommes se joignirent à elle, levant le poing, criant : « À l'assassin, À l'infidèle ! » Il fallut que le templier s'interpose pour faire revenir le calme.

Le géographe avait pâli et nul ne sut si c'était de franche colère ou de peur devant la foule menaçante. Galeran et Geoffroy l'encadrèrent, écartant fermement les gens du bout de leurs lances. Ali fermait la marche.

C'est ainsi qu'ils progressèrent, lentement, tout au long des rues, jusqu'à la porte Neuve.

Une fois dehors, Geoffroy avisa un de ses hommes et un sergent templier et leur fit signe de les accompagner.

— Nous aurions dû emmener Aymon, et un ou deux autres compagnons, glissa le templier au Breton, je n'aime guère tout ça et, en même temps, je les comprends... Al Idrisi et Ali ressemblent par trop aux Maures que nous continuons de combattre en Terre sainte et en Galice.

Les cavaliers empruntèrent la route de la seigneurie de Laleu, étroite levée de terre au milieu des marais salants.

Le soleil chauffait le sol, faisant briller l'eau trouble des bassins, transformant le chemin en une boue épaisse où s'enfonçaient les sabots des chevaux.

Ils obliquèrent vers une sente qui suivait la crête des falaises. Sur les grèves, en contrebas, des cueilleurs profitaient de la marée basse. Leurs paniers sur le dos, ils marchaient courbés, soulevant les varechs avec des tridents pour ramasser ce que l'océan avait laissé.

Les six cavaliers arrivèrent bientôt en vue d'un promontoire aux flancs couverts d'ajoncs et coiffé d'une épaisse forêt de chênes verts. Un chenal les en séparait.

— Gu-Hard, les « grands courants », fit le templier en le désignant au géographe. Ici, le flux et le jusant se heurtent. Cette pointe que vous voyez là est celle de Chef-de-Bois.

Au fur et à mesure du discours du templier, l'Arabe dessinait avec un stylet d'étonnants caractères dans la cire d'une tablette retenue à sa ceinture par une cordelette de soie.

Enfin, il redressa la tête, referma le couvercle de bois qui protégeait la matière jaunâtre, et dit :

— Allons-y !

Ils poussèrent leurs chevaux, traversant l'eau peu profonde, arrivant à une anse dominée par les ruines d'une petite église. Sur les galets, reposaient des barques aux plats-bords teints de rouge.

— C'est tout ce qui reste de l'église Saint-James. Elle relevait de l'abbaye de la Châtre. Là-haut, sur la crête, se trouvent le moûtier appartenant aux moines de Cluny et de l'autre côté le village de Laleu.

Ils gravirent la pente. Les arbres se pressaient autour de la clairière où les religieux avaient édifié les fortifications de leur monastère. Quelques moines les saluèrent au passage. Ils ramenaient du bois sur une carriole branlante tirée par un âne. La forêt de yeuses était épaisse, le sentier mauvais, plein d'ornières emplies d'une eau jaunâtre. Au-dessus d'eux tournoyaient en criant des corneilles et des freux.

Galeran qui avait pris la tête de la petite troupe s'immobilisa soudain, levant la main pour avertir ses compagnons. Un geai s'envola devant lui, donnant l'alerte.

Des silhouettes se dissimulaient au milieu des taillis dans la pénombre. Et puis soudain, d'entre les troncs aux formes indistinctes, partout autour d'eux, résonna l'appel d'une corne, puis une autre, et une autre encore. La futaie tout entière retentit bientôt de ces sons lugubres qui n'en finissaient pas de mourir entre les feuilles des yeuses.

D'un même geste, les templiers et les Arabes sortirent leurs épées, seul Geoffroy resta impassible, leur intimant de ne pas bouger et faisant un signe de paix aux gueux qui surgissaient de la forêt.

Vêtus de peaux de moutons, les jambes et les pieds nus, trapus, ils devaient être tout au plus une vingtaine. Mais ni leur taille, ils étaient fort petits, ni leurs traits ne ressemblaient en rien à ceux des hommes de la contrée. Certains d'entre eux avaient les yeux étirés vers les tempes et les cheveux d'un noir bleuté, d'autres, d'épaisses crinières rousses. Tous portaient des coutels, des fourches ou des haches à deux tranchants.

Le templier salua l'un d'eux.

Sa chevelure ardente descendant jusqu'à la ceinture, l'homme s'avança de quelques pas délaissant le couvert des arbres, rendant son salut à Geoffroy d'une brève inclination de la tête. Son visage était enduit d'argile grise et à son cou pendait un collier de griffes de loup. Il marmonna quelques mots dans un dialecte inconnu, porta la trompe à sa bouche, et disparut avec les siens aussi vite et mystérieusement qu'il était apparu.

— Qui sont-ils ? demanda Al Idrisi d'une voix sourde.

— Les descendants du peuple de Grim-Hard. La tribu d'un grand chef venue d'outre-Rhin demander asile au duc d'Aquitaine. Il paraît que Myria, la veuve de Grim-Hard, était belle et ses cheveux aussi flamboyants qu'un brasier. Le duc fit baptiser ces barbares et songea qu'un mariage entre Myria et le tout jeune Isembert lui permettrait de mieux veiller à ses intérêts ici. Yvette d'Alion, la mère d'Isembert, en décida autrement. Cependant pour ne pas déplaire au duc, elle accorda tout de même ce morceau de terre, sur lequel la veuve créa Laleu, une terre libre. Depuis Myria est morte, mais ses descendants vivent toujours ici, ainsi que le veut la coutume. Ils ont longtemps profité des feux trompeurs et des naufrages, jusqu'à ce qu'arrivent les moines. Maintenant, ils défendent ces lieux des pillards venus des îles du Bas-Poitou. Celui que nous avons vu est leur chef Yran. Nous sommes en paix avec lui. Venez !

Ils repartirent. D'infimes frôlements, des craquements, les persuadant que les guerriers de Grim-Hard les escortaient silencieusement jusqu'à l'orée des bois.

Éblouis soudain par la brillance du soleil sur les vagues, ils débouchèrent sur un plateau couvert de hautes herbes et de buissons d'épineux.

En contrebas, protégée du noroît, s'ouvrait une anse reliée à l'océan par un étroit chenal. Quelques barques couchées sur la vase attendaient la prochaine marée.

— Le chenal des Rivauds, et là-bas, en face c'est le port du Plomb. La mince ligne noyée dans la brume, c'est l'île de Ré et ça, c'est Laleu ! conclut le templier en désignant au géographe de minces filets de fumée qui s'élevaient tout droit du sol à quelques toises de là.

— Mais où est le village ? rétorqua le géographe. Je ne vois rien que ces fumées et des sortes de tranchées creusées dans le sol.

— C'est le village construit par la tribu de Grim-Hard.

Le géographe hocha la tête, puis poussa sa monture jusqu'à un promontoire d'où il dominait toute la baie.

Sur un ordre de lui, Ali le rejoignit, sortant de la besace qu'il portait à l'épaule un objet plat et rond ressemblant à une grande médaille sur laquelle auraient été posés des anneaux de tailles et d'épaisseurs différentes. Le tout était gradué et orné d'une multitude de caractères arabes et de symboles. Le géographe le leva au-dessus de sa tête, le baissa, ajusta la position des disques et les manipula un moment avant de le rendre à Ali qui l'emballa soigneusement et le rangea. Idrisi prit quelques notes dans la cire de sa tablette et se tourna enfin vers les autres cavaliers.

— Qu'est-ce donc que ceci, messire Idrisi ? demanda Galeran qui l'avait observé avec attention.

— Nous l'appelons l'astrolabe. Grâce à lui, nous pouvons calculer la hauteur des astres au-dessus de l'horizon. À mon retour en Sicile, je devrais établir une mappemonde pour le roi et pour cela, il me faut faire maints relevés.

— Vous servez-vous des écrits de Ptolémée ?

Un sourire étira les lèvres fines de l'Arabe :

— Vous me surprenez toujours, sire Galeran ! Par qui avez-vous entendu parler de Ptolémée ?

— Par l'homme à qui je dois la vie. Un chevalier qui savait tant de choses sur la terre et le ciel que je n'ai réussi à en faire le tour avant que nos chemins ne se séparent[1].

---

1. Voir *La Couleur de l'archange*.

48

Seuls les toits des maisons de Laleu affleuraient le sol. Des toits en chaume, en varech et en roseaux, maintenus par de lourdes pierres. Les murs étaient faits de galets, jointoyés par de la boue et de la paille. Des tranchées servaient de rues. Des passerelles les recouvraient par endroits, permettant le passage d'un grenier à un autre.

Des puits communs s'ouvraient ici et là, au détour de ces étranges ruelles. Pour résister aux vents dominants, les maisons s'étaient faites souterraines, les portes étaient si basses qu'il fallait se courber pour ne pas heurter le linteau.

Les hommes d'Yran réapparurent soudain devant eux, à l'entrée du village. Des enfants à moitié nus malgré le froid, des femmes en guenilles se massèrent silencieusement derrière les guerriers. Des chiens montraient les crocs en grognant. Yran s'avança d'un pas, et planta sa hache dans la terre devant lui. Geoffroy fit signe à ses compagnons de s'arrêter.

— Il nous demande de faire demi-tour, expliqua-t-il.

— J’en ai assez vu, déclara soudain Al Idrisi. Rentrons, messire Geoffroy !

— Vous ne voulez pas voir le port du Plomb ? Ne vous souciez pas de ça ! Yran nous laissera passer, moyennant quelque cadeau.

— Non. Mes relevés sont faits, et je préfère regagner ma cellule.

Geoffroy n’insista pas, donnant le signal du retour.

49

L'homme se regardait à nouveau dans le miroir. Il l'approcha, l'éloigna, l'inclina par rapport au soleil, surpris de voir son souffle s'y matérialiser.

Il se voyait bien, mais était-ce lui qu'il voyait ?

Il toucha son front de son doigt, écartant les boucles de ses cheveux, appuyant son index sur ses lèvres. Enfin, il mordit ses lèvres et pinça la chair de sa joue.

Il voyait tout cela, il sentait la morsure de ses dents, le contour de ses pommettes sous ses doigts... Mais était-ce bien lui qu'il voyait ?

Il attrapa son coutel et soulevant la racine de ses cheveux, s'entailla la chair du front... La douleur était là. Il voyait le sang perler.

Mais s'il était là et avec ce visage-là, pourquoi ne le voyait-elle pas ?

Il approcha à nouveau le miroir de ses yeux, cherchant dans l'abîme de ses pupilles une réponse à ses questions.

SEPTIÈME PARTIE

« Yahvé reprit : “Qu’as-tu fait ? Écoute le sang de ton frère crier vers moi du sol !

Maintenant sois maudit et chassé du sol fertile qui a ouvert la bouche pour recevoir de ta main le sang de ton frère.

Si tu cultives le sol, il ne te donnera plus son produit, tu seras un errant parcourant la terre.” »

Genèse 3.

50

Geoffroy et ses compagnons arrivèrent à la porte Neuve en même temps que des templiers escortant une longue file de femmes, d'hommes et d'enfants en haillons. Certains de ces malheureux portaient le bâton et le balluchon des pèlerins, d'autres s'étaient attelés aux brancards d'un charroi, sur lequel étaient posés en équilibre instable une vieille femme, un bébé dans un panier d'osier, des cages à poules, des sacs, des outres et quelques outils. Une chèvre et un âne suivaient, complétant ce singulier équipage.

L'un des templiers s'avança, saluant Geoffroy avec respect et attendant que celui-ci l'interroge.

— Qui sont ces gens, frère Gabriel ?

— Des villageois, mon frère, ils se dirigent vers l'église de Saint-Eutrope, à Saintes. Il y a parmi eux une femme et des enfants qui requièrent des soins.

— Pourquoi ne pas les avoir conduits à l'aumônerie de Saint-Jean-hors-les-murs ?

— Ordre du viguier. Depuis votre départ, les gens de la prévôté et nous-mêmes avons eu bien du mal à maintenir le calme dans la cité.

— Encore cette histoire avec les marins de la galée ?

— Oh non ! Ce ne sont point eux, mais les habitants

qui murmurent qu'il y a un assassin et que nous autres, chevaliers du Temple, le protégeons. Une délégation de bourgeois menée par Guillaume de Ciré, le père du prévôt, est venue se plaindre au Commandeur à ce sujet.

— Continuez, l'encouragea Geoffroy.

Le templier baissa la voix, afin qu'Al Idrisi qui se tenait à quelques pas des deux hommes, ne l'entende pas :

— C'est à cause de ce géographe qui vit dans notre enclos depuis bientôt trois jours. Ils le prennent pour un infidèle et pensent que c'est lui le meurtrier des pucelles et de l'orfèvre.

— Mais c'est ridicule !

Frère Gabriel haussa les épaules dans un geste de lassitude.

— Allez le leur faire comprendre ! Le viguier a insisté pour que tous les nouveaux arrivants soient hébergés dans la ville, et ceci afin de mieux les contrôler. En accord avec notre Commandeur et le prévôt, il a aussi avancé l'heure du couvre-feu.

— Si nous continuons comme ça, nous serons bientôt en état de guerre, murmura Geoffroy. Mais où allons-nous les mettre ? Combien sont-ils ? ajouta-t-il en jetant un coup d'œil aux villageois.

— Une trentaine. Après Saintes, ils pensaient continuer vers Saint-Jacques-de-Compostelle.

— En cette saison, en plein hiver ? Ils ont perdu le sens. Qui les commande ? Il faut leur parler et les dissuader d'une telle folie.

— Apparemment, cet homme est leur chef, fit frère Gabriel en désignant un vieillard vêtu d'une robe brune où était cousue la coquille de Saint-Jacques, pieds nus dans des sandales de cuir, ses longs cheveux et sa barbe tressés à la mode ancienne.

— Et pourquoi voyagent-ils avec tous ces affûtiaux, ce charroi, ces bêtes ? Ce ne sont point là coutumes de pèlerins !

— Je ne sais pas, mon frère, répondit Gabriel avec embarras. Je ne comprends rien à ce qu'ils disent ! Je crois qu'ils viennent de Bretagne et ne parlent rien d'autre que leur langue.

— Galeran ! appela Geoffroy.

— J'ai entendu, fit le chevalier en poussant sa monture contre celle de son compagnon et en se laissant souplement glisser à terre. Je vais les interroger.

— Demandez-leur d'où ils viennent !

Après avoir longuement salué le chef des villageois, le jeune homme conversa un moment avec lui, avant de se tourner à nouveau vers le templier.

— Chez nous, en pays de Bretagne, c'est toujours la guerre entre Robert de Vitré et notre duc Conan III. Je le sais, j'en ai été de cette vilaine bataille entre fratries, une guerre d'embuscades et de traîtrises[1]. Leur village a été incendié et pillé, beaucoup sont morts. Ils partent demander l'aide de Saint-Jacques, et comptent s'installer en Galice. Ils n'ont plus rien que ce charroi, ces deux bêtes, et leurs bras.

Il se tut. Une jeune fille blonde s'était avancée vers lui, effleurant timidement son bras du bout de ses doigts minces. Elle soutenait une femme âgée qui vacillait d'épuisement et de fièvre.

---

1. Voir *Noir Roman* au Livre de Poche n° 18237.

— Messire chevalier, messire, fit-elle dans leur langue, ayez pitié de ma mère. Il faut l'aider, sinon elle va mourir. N'y aurait-il personne pour nous secourir ?

Un frisson courut sur la nuque du jeune homme. Ce regard-là avait la même intensité triste et douce, la même couleur de brume que celui de sa Morgane, sa tant aimée. Il serra les poings malgré lui, et demanda d'une voix plus troublée qu'il n'aurait voulu :

— Quel est votre nom, damoiselle ?

— Aziliz, seigneur.

— Une ombre, rien qu'une ombre, murmura-t-il si bas, que la pucelle ne comprit pas et demanda :

— Qu'avez-vous dit, messire ?

— Rien, damoiselle. Nous allons aider votre mère, je vous en fais promesse solennelle, répondit-il en s'approchant de la vieille femme et en lui posant son mantel sur les épaules.

— Que se passe-t-il ? fit Geoffroy. Que vous veut cette enfant ? Vous la connaissez ?

— Non point ! Sa mère est souffrante. Elle demande votre aide par Dieu, et la Vierge.

— Expliquez à leur chef, c'est bien lui, n'est-ce pas ? fit le templier en désignant le vieillard qui se tenait très droit devant Galeran, sa main noueuse serrée autour de son bâton.

— Il se nomme Erwan ar Gallouédec. Erwan le puissant.

— Dites-lui qu'ils ne pourront voyager en cette saison et qu'en maints endroits, le voyage sera fatal aux siens.

Comme s'il avait compris ces paroles du templier, le vieil homme répondit dans sa langue, sans que le Breton ait eu le temps de lui traduire.

— Il vous dit, expliqua Galeran, qu'il sait les dangers et qu'il voudrait bien attendre le printemps, si on le leur proposait. Il y a parmi eux des hommes vigoureux, et des femmes qui ne craignent pas les tâches les plus rudes.

Le templier hocha la tête :

— Il faut d'abord que je parle au Commandeur. Ils sont nombreux, mais dis-lui que je ferai mon possible s'ils travaillent pour nous avec courage, afin qu'ils s'installent dans le champ de Guillaume de Ciré jusqu'à la venue des hirondelles.

Une lueur de gratitude brilla dans les yeux d'Erwan ar Gallouédec, quand Galeran traduisit ces paroles.

— Il priera pour vous, mon frère.

— J'en ai grand besoin, fit laconiquement le templier en se tournant à nouveau vers frère Gabriel.

— Il faut les séparer, mon frère. Nous ne pouvons prendre des femmes dans notre enclos. Conduisez-les ainsi que leurs enfants chez la Bertrade, à *La Truie qui file*, les hommes répartis entre la Commanderie et la prévôté ! Nicolas a encore de la place dans le foin de sa grange. Et que frère Paul aille quérir l'infirmier à Saint-Jean.

51

Alors qu'ils cheminaient vers la Commanderie, Galeran fermant la troupe avec les deux cavaliers arabes, une pierre siffla à ses oreilles, frappant la cuisse d'Ali. Aussitôt, poussant un terrible cri de guerre, ce dernier dégaina son sabre et, talonnant sa monture, fonça dans la foule, avant que le jeune chevalier ait pu le retenir.

La longue file des Bretons que précédaient les templiers disparut au détour d'une rue, ils étaient seuls au milieu de tous.

Une femme brailla :

— À mort les étrangers ! À mort les assassins !

À ce cri, répondit un grondement sourd qui emplit les rangs. Une autre pierre vola vers les cavaliers, puis une autre encore.

— À mort ! À mort ! scanda une voix, puis dix, puis vingt, alors qu'autour d'eux, se refermait un cercle de visages tordus par la haine.

Indécis, le géographe se tourna vers Galeran.

— Rappelez votre homme, Idrisi, sinon il est perdu ! Il faut rattraper les autres et ils sont déjà loin.

Les vociférations de la foule couvrirent sa voix. Un mécréant avait saisi la bride de Samoûn, le palefroi blanc. D'un terrible coup du plat de son épée, Galeran le fit lâcher, tandis qu'il embouchait le cor qu'il portait à l'arçon de sa selle, appelant les templiers à la rescousse.

— Suivez-moi ! hurla-t-il, faisant cabrer sa bête pour effrayer les gens qui les enserraient.

Il entraîna dans sa course le géographe qu'une pierre frappa violemment dans le dos et qui s'affala, inconscient, sur l'encolure de sa monture.

— « *Quinquin, quincaille,*
Le roi du château d'Alion,
En se faisant la barbe,
S'est coupé la gorge... », glapit soudain une voix.

La Quinquin était là, au premier rang de ceux qui les poursuivaient, comme possédée par quelque démon, les yeux fous, de la bave coulant de sa bouche édentée.

— « *Uni, une aile,*
Des roses nouvelles,
Du sang roux,
Si doux... »

En se retournant, le chevalier aperçut la silhouette inondée de sang d'Ali qui essayait de revenir vers eux. Il n'avait plus son destrier, et se battait comme un diable au milieu d'une dizaine d'adversaires armés de coutels et de bâtons.

— « *Du sang roux,*
Si doux... », répétait la Quinquin en s'arrachant des

touffes de cheveux et en déchirant ses vêtements avant de se rouler par terre en écumant, en proie au haut mal.

— À mort, l'étranger ! À mort, l'assassin ! répétait la foule.

Galeran avait saisi la bride du cheval d'Idrisi et, voyant que le chemin lui était coupé vers la Commanderie, fit demi-tour et l'entraîna au galop vers le champ de Guillaume de Ciré. Il voulait longer les remparts et gagner la porte Mallevault. Mais des gens arrivaient de toutes parts, lui coupant l'accès à la Porte. Il s'immobilisa indécis, sonnant à nouveau du cor, sans remarquer un homme qui, se glissant derrière son cheval, lui entailla vilainement le jarret avec un crochet de boucher.

Avec un hennissement de douleur, la bête se cabra et, après l'avoir désarçonné, partit au galop. Le chevalier roula à terre et se redressa, l'épée haute. Les gens hésitaient encore, ils voulaient Idrisi, mais ne savaient que faire de ce Chrétien défendant l'Arabe. Une pierre vola à nouveau lancée par un gamin, le heurtant durement à l'aine et donnant le signal de la curée.

La prairie s'était emplie d'une foule hargneuse dont il était le centre. Derrière lui, Samoûn se cabra et le corps d'Idrisi bascula de sa selle. Renversant tout sur son passage, et jouant des quatre fers pour se frayer un passage, le palefroi disparut du champ de vision du chevalier.

Aux cris de « À l'assassin ! À l'assassin ! », les gens armés de bâtons, de haches et de pelles, se mirent lentement en marche.

Tout à coup, armé d'un long coutel, une silhouette bondit aux côtés de Galeran.

— Avec vous, chevalier ! s'écria le nouveau venu en plantant son fer dans la poitrine d'un attaquant.

— Aymon ! Dos à dos ! hurla Galeran.

En les voyant ainsi, les manants reculèrent. Les deux hommes ne semblaient plus faire qu'un, frappant d'estoc et de taille, tranchant, taillant, enfonçant leurs lames dans ceux qui les serraient de trop près.

Pendant un instant, il sembla que le sort leur était favorable. Aymon se battait avec une ardeur désespérée, se portant même souvent au-devant des coups puis, alors qu'il évitait un jet de pierre, un pêcheur l'attaqua par surprise lui assenant un coup de gourdin. Sans un cri, l'écuyer s'effondra. Voyant cela, le Breton poussa un cri rauque, fonçant sur l'homme avec tant de fougue qu'il roula à terre, le crâne fendu.

Le cercle se resserra à nouveau. À chaque coup d'épée, répondaient de nouveaux assauts, un attaquant roulait par terre, deux autres le remplaçaient. Le chevalier sentait la fatigue ralentir son bras. Il allait succomber. Tout était perdu.

52

C'est alors qu'il l'entendit et que tous, autour de lui, l'entendirent. La sonnerie puissante d'un cor. Le cor des templiers. L'appel éclatait dans les méandres de la ville. Renvoyé par l'écho de rues en rues.

Ce n'était pas n'importe quel appel, c'était celui de la charge. Il fallait tenir bon. Il n'avait pas le droit de flancher maintenant, alors que les autres arrivaient. Dans un dernier sursaut, les deux mains serrées autour du pommeau de son épée, il décrivit de grands moulinets, écartant ses assaillants.

Sous leurs pieds à tous, le sol tremblait. Des cris retentissaient, des gens s'enfuyaient, tombaient, se redressaient, se piétinant mutuellement tant leur affolement était grand.

Lancés au galop, les lourds destriers caparaçonnés de métal arrivaient sur l'esplanade, chargeant la foule.

Les longues capes flottaient derrière les cavaliers aux pourpoints blancs barrés de la croix de gueule et d'un coup, tous refluèrent, cédant à la panique. Courant en tous sens pour échapper aux chevaliers qui se contentaient de les repousser rudement du poitrail de leurs bêtes ou de les heurter du bois de leurs javelots.

Alors qu'ils chargeaient, l'appel retentissait encore et encore.

Tenant les rênes d'une main, de l'autre le gonfanon beaucent, d'argent au chef de sable des pauvres chevaliers du Christ, Geoffroy chevauchait en tête.

Le cor se tut enfin, et les cavaliers s'alignèrent lentement formant cercle autour du chevalier. Sur le sol, il n'y avait plus que des morts et quelques blessés piétinés par la foule.

Geoffroy sauta à terre, tendant le gonfanon à un de ses frères et s'approcha, désignant Idrisi.

— Il est...

— Vivant, je crois, fit le jeune Breton, et votre écuyer aussi. Il faut chercher Ali, il doit être en plus mauvais état.

— Heureusement, le vent soufflait vers nous, nous avons entendu votre appel alors que nous venions de pénétrer dans la cour de la Commanderie. J'ai pu repartir vous secourir avec d'autres frères. (Il jeta un bref coup d'œil au champ de bataille.) Ils ont eu peur, les ladres et c'est ce que je voulais ! Vous n'êtes pas blessé ?

— Non, quant à votre écuyer, il va s'en tirer avec une énorme bosse, fit Galeran qui s'était agenouillé auprès d'Aymon. Il faut que vous sachiez sa vaillance, il est venu se battre alors que tout semblait perdu.

— C'est son devoir de templier, observa simplement Geoffroy en se détournant vers le géographe.

Aymon soupirait, reprenant ses esprits, et le chevalier l'aida à se relever. Le jeune homme vacilla un peu puis se pencha pour ramasser sa dague qu'il glissa à sa ceinture, époussetant son bliaud et sa cape noire.

— Rien de cassé ? demanda Galeran.

— Non, non, marmonna l'autre en portant la main à sa tête.

— Ce n'est rien, cela aurait pu être pire. Merci, Aymon, tu as bien combattu. Va rejoindre ton maître, il t'attend et tout ce carnage ne l'a guère mis d'humeur gaillarde !

Aymon hocha la tête et se dirigea d'un pas hésitant vers Geoffroy penché au-dessus du géographe.

— Cherche-moi un brancard, il faut le ramener au plus vite chez nous ! ordonna sèchement le templier.

53

L'odeur fade du sang planait dans l'air. Un blessé appelait à l'aide, tenant de sa main valide le moignon sanglant qui lui servait de bras.

— Aidez-moi, je vais mourir ! gémissait l'homme dont le sang jaillissait par saccades de la terrible blessure.

Alors qu'il allait se diriger vers lui, Galeran remarqua un objet qui scintillait à ses pieds. Il le ramassa, l'essuyant sur son pourpoint avant de se figer en remarquant ce qui y était gravé.

— Pitié, messire, pitié, à l'aide... glapit l'autre, dont la voix faiblissait.

Il n'y avait pas de temps à perdre, le chevalier glissa l'objet dans son aumônière et se précipita vers le blessé, déchirant une bande de tissu de sa chainse pour en faire un garrot.

L'infirmier arrivait, accompagné de deux moines. Des sergents templiers chargeaient les cadavres et les blessés sur des brancards. Des gens d'armes ramenaient des chevaux qui s'étaient enfuis, et parmi eux, Samoûn, le palefroi blanc du géographe.

On avait posé Idrisi sur une litière, et deux écuyers portaient Ali qui respirait encore faiblement, malgré ses innombrables blessures.

54

Le soir venait et dans la cour de l'auberge de *La Truie qui file*, la vie s'organisait. On avait tiré de l'eau au puits. Les vêtements et les langes des enfants séchaient, suspendus à des fils.

La patronne, la bonne Bertrade, avait installé les femmes et leurs petits dans la salle basse, disposant de la paille pour servir de litière et distribuant des couvertures et de la soupe aux Bretonnes. Le lait de la chèvre avait nourri les plus jeunes.

Un grand feu brûlait dans l'âtre, réchauffant l'air humide. De gros jambons et un morçeau de lard pendaient au-dessus d'un billot de boucher. Sur une étagère, étaient rangés des pots de grès. Un tonneau de vin à la coupe siégeait dans le coin le plus reculé sur un rudimentaire tabouret de bois.

Dans un angle, calée par un sac de grain, la mère d'Aziliz s'était endormie. La jeune fille remonta la couverture sur ses épaules et leva les sourcils à la vue d'un jeune homme qui, s'avançant vers elle, la salua avec courtoisie.

— Le bonjour damoiselle, fit-il. Votre mère va-t-elle un peu mieux ? L'infirmier va venir, mais pour l'heure, il a fort à faire à l'autre bout de la ville.

La jeune fille fit signe qu'elle ne comprenait pas, mais l'autre continuait, montrant le mantel de Galeran qu'elle avait soigneusement plié sur ses affaires et se désignant lui-même.

— Je viens de la part du chevalier de Lesneven. Il m'a demandé de vous apporter ça, ajouta l'autre en lui tendant un pain enveloppé d'un linge blanc.

Un sourire illumina le visage de la jeune fille.

— Merci, fit-elle dans sa langue, le chevalier va-t-il venir nous voir ?

— Cette fois, repartit Aymon, c'est à moi de ne pas comprendre, damoiselle, mais peu importe. Je vais vous chercher de l'eau, continua-t-il en se redressant. Elle a les fièvres, il faut la faire boire.

Quelques instants plus tard, il revenait avec une cruche pleine qu'il tendit à la pucelle. La jeune fille tourna la tête vers le mantel et eut un geste interrogateur.

— Le chevalier vous attend à la porterie de la Commanderie, fit l'écuyer en lui désignant le vêtement de Galeran, puis la porte de l'auberge. Venez ! Je vais vous conduire.

Aziliz secoua la tête en signe d'incompréhension, mais Aymon lui avait saisi la main lui montrant à nouveau la porte et le mantel.

— Vous voulez que je vous suive, fit-elle, mais je ne peux laisser ma mère ainsi.

En l'entendant, une robuste femme assise près de l'âtre se tourna vers Aziliz.

— Je vais m'en occuper, dit-elle. Tu peux le suivre.

— Ah merci ! répondit la pucelle dont le visage

amaigri s'éclaira d'un lumineux sourire. Tu es sûre, Katik ?

— Puisque je te le dis, va ! Et ne fais pas attendre celui qui a été généreux avec vous deux et reviens vite, il va bientôt faire nuit.

Aziliz s'approcha de Katik et l'embrassa sur les deux joues avant de se tourner vers Aymon qui attendait patiemment la fin de ce conciliabule auquel il ne comprenait rien.

— Tout va bien ? fit-il. Alors on y va.

55

De grands feux scintillaient sur les quais où des pêcheurs se réchauffaient en dansant au son aigre d'un flûtiau. Un baleineau s'était échoué sur la Prée de Maubec et sa viande rose comme celle d'un bœuf cuisait en quartiers dans de grands chaudrons de fer.

La nuit était tombée, et avec elle soufflait un vent humide et froid venu de l'océan.

Frère Geoffroy avait fait conduire le géographe et Ali dans une petite pièce transformée pour l'occasion en infirmerie. Une dizaine de Bretons dont leur chef Erwan, aidés par les templiers, s'installaient dans le foin de la grange.

Geoffroy s'affairait, donnant des ordres, plus à son aise dans cette situation de guerre que dans le calme des mois précédents.

De retour dans l'enclos, Galeran apprit par l'un des frères qu'Hugues d'Angers l'attendait dans la salle du chapitre.

— Il veut vous voir au plus vite, messire de Lesneven, insista le templier. Avec tous ces événements et ces attaques contre nous, je ne vous cache pas qu'il est de fort méchante humeur.

— J'y vais de ce pas. Merci mon frère.

Avant d'entrer dans la bâtisse, le Breton rinça son visage souillé de sueur, de sang et de boue au bassin de la cour, époussetant son bliaud du mieux qu'il pouvait. Alors qu'il se penchait pour frotter le cuir de ses bottes, une vive douleur lui rappela la pierre qui l'avait frappé.

Quand il se présenta à Hugues d'Angers, rien ne paraissait plus de tout cela. Sa taille mince serrée par la ceinture où pendait son épée, il se tenait très droit, son regard bleu fixé sur l'homme qui allait et venait à grands pas dans la pièce.

— Vous m'avez demandé, Commandeur, fit-il en s'inclinant.

— Oui, Galeran, oui ! jeta l'autre en continuant à marcher de long en large. Je suis fâché de tout cela et point sûr que vous ayez bien agi.

Le jeune homme ne broncha pas, malgré l'injustice du propos. Il se contenta d'attendre, se raidissant juste en attendant la suite.

— Idrisi blessé, continua Hugues d'Angers presque pour lui-même, son homme de main mourant, Orso enfermé dans sa cellule ! Que va-t-on dire de notre Ordre ? Alors que même dans notre pays nous n'arrivons pas à faire régner le calme ? Je vous le demande, chevalier, je vous le demande ?

— Que nous avons fait notre devoir, messire, répondit d'une voix ferme le jeune homme.

Hugues d'Angers se tourna enfin vers son interlocuteur, détaillant la silhouette altière et le regard sans complaisance de celui qui lui faisait face, remarquant au passage les estafilades et les contusions qui marquaient son visage et ses mains.

— Sans doute, fit-il, sans doute ! Mais tout de même. Guillaume de Ciré est venu me voir, les bourgeois sont mécontents et cet assassin que nous n'arrivons pas à saisir... Quant à vous, depuis que nous avons retrouvé les joyaux, je ne vous ai guère vu ici, ni aux offices et il devient urgent que vous fassiez vos excuses au sire d'Orso.

Comme le chevalier gardait le silence, le maître des templiers reprit :

— Depuis votre accusation, il a refusé de sortir de sa cellule, il n'a même pas voulu assister aux offices divins. La seule chose qu'il a consentie, c'est à y recevoir le prévôt et notre prêtre. C'est un homme fier, il a clairement fait savoir qu'il ne sortirait pas tant que vous ne seriez pas venu le voir.

— Qu'avez-vous dit ? fit Galeran en pâlissant d'un coup.

Hugues d'Angers se méprit sur son attitude et repartit avec vivacité :

— Je vous répète que vous allez lui faire vos excuses, c'est un ordre !

— Ce n'est pas cela, vous avez dit qu'il n'est pas sorti de sa cellule ? À aucun moment ?

— Eh bien non ! Il a même demandé que nous en poussions le loquet extérieur. Mais enfin, qu'avez-vous ? Que peut vous faire que cet homme ne soit pas sorti ?

— C'est fondamental, murmura Galeran. Je ne voulais pas y croire et maintenant... Et pourtant cela ne tient pas debout.

L'attitude du chevalier était si singulière, que le Commandeur se tut brusquement et l'observa avec plus d'attention.

— Vous êtes bien incohérent, chevalier, remarqua-t-il.

— A-t-il appris pour les joyaux ?

— Oui, bien sûr, nous l'avons averti.

— Et depuis ?

— Depuis quoi ? Je vous ai dit qu'il n'était pas sorti ! Mais enfin Galeran, expliquez-vous ?

— Il faut que nous le voyions immédiatement.

— C'est ce que je vous demande depuis un moment, s'énerva le Commandeur en allant à la porte et en l'ouvrant, laissant le vantail heurter violemment le mur.

Ils empruntèrent un long couloir menant aux cellules, celle du bout étant occupée par le Sicilien. La lourde porte en était fermée, le loquet extérieur poussé.

— Seigneur d'Orso, fit le Commandeur en frappant, c'est Hugues d'Angers. Galeran de Lesneven m'accompagne, pouvons-nous entrer ?

Aucune réponse ne vint.

— Sire d'Orso, insista Hugues, pouvons-nous entrer ?

Galeran, n'y tenant plus, repoussa le loquet de fer et ouvrit.

Le corps du Sicilien était étalé en travers du dallage. De sa gorge tranchée s'était échappé un flot de sang qui s'était coagulé autour de lui en une large mare, souillant la paille de la litière et les couvertures.

— Ses armes sont au mur. Il n'a même pas essayé de se défendre, remarqua Galeran en s'agenouillant près du cadavre et en lui fermant les paupières. Sa mort ne remonte pas à plus de quelques heures. Il connaissait son assassin et ne s'est pas méfié.

Sous l'effet de l'émotion et de la contrariété, le Commandeur s'était adossé au mur chaulé de la cellule.

— Mais qui ? Qui ? Et chez moi, dans ma maison ! s'écria-t-il.

— Qui est venu lui annoncer la nouvelle pour les joyaux ?

— Je ne sais pas. C'est Geoffroy qui s'est occupé de tout cela. Mais vous avez l'air de comprendre ce qui se passe ici ! Expliquez-vous !

— Pas tout de suite, Commandeur. Il faut d'abord que vous répondiez à quelques-unes de mes questions.

— Moi ! Que vous me posiez des questions ! s'énerva à nouveau Hugues d'Angers. C'est vous qui allez répondre aux miennes. Vous oubliez qui je suis, et où vous êtes !

— Non, messire, à aucun moment, je vous en fais serment sur mon épée de chevalier, répondit calmement Galeran en affrontant sans broncher la colère du Commandeur de La Rochelle. Si nous ne voulons pas que d'autres cadavres s'ajoutent à celui-ci, il vous faudra me répondre.

Le Commandeur jeta un rapide coup d'œil au corps que le Breton recouvrait d'un drap.

— Sortons d'ici !

56

Après l'avoir fait nettoyer et envelopper d'un linceul, un sergent s'occupa de faire conduire le cadavre à la chapelle Sainte-Magdeleine, où le prêtre se mit en prière pour le repos de son âme. À la demande du Commandeur, frère Geoffroy les avait rejoints dans la salle capitulaire, ayant peine à masquer sa stupéfaction à l'annonce de l'assassinat.

De hautes torches illuminaient la salle où deux rangées de bancs de bois se faisaient face. Tout au bout de cette allée, sur une estrade, se dressaient le faudesteuil du Commandeur et celui de frère Geoffroy, ainsi que deux lutrins, l'un portant la Bible, l'autre, fermé par un cadenas, la règle de l'Ordre du Temple.

Sa colère retombée, Hugues d'Angers s'était assis dans son faudesteuil, regardant le chevalier d'un air mécontent. Geoffroy se plaça à sa droite.

Galeran resta un moment à fixer le sol à ses pieds, comme s'il cherchait à rassembler ses pensées. En fait, aussi étrange que cela puisse paraître, il était bien loin de La Rochelle. Il revoyait la salle du chapitre du Mont-Saint-Michel, et le moment où son maître avait dû exposer les faits devant l'abbé Bernard du Bec. Il n'avait jamais oublié ses paroles, ni l'énergie et la méthode déployées pour démasquer les coupables [1].

Les ombres s'allongeaient autour d'eux et un serviteur alluma quelques chandelles avant de se retirer sans bruit.

— Nous vous écoutons, s'impatienta Hugues d'Angers.

Des cernes de fatigue creusaient les traits du jeune homme, une grande lassitude marquait sa voix quand il répondit :

— Il faut que vous compreniez, sire Commandeur et vous, frère Geoffroy, que n'étant point d'ici, il me manque encore des éléments pour expliquer les meurtres qui nous préoccupent, car *Sapiens nihil affirmat quod non probet*, le sage n'affirme rien qu'il ne prouve.

Il marqua un temps et Hugues d'Angers s'agita sur son siège, lui signifiant de continuer d'un geste de la main :

— Il est sûr néanmoins que je connais le nom de l'assassin de l'orfèvre et du sire d'Orso, reprit Galeran. Ce qu'il va falloir prouver, c'est que cet homme est le même qui a tué les jeunes filles.

— À cause de ce nouveau meurtre dans nos murs, fit soudain Geoffroy, vous croyez que c'est l'un des nôtres, n'est-ce pas ?

— Oui.

---

1. Voir *La Couleur de l'archange.*

— J'ai beaucoup pensé à tout cela, avoua le templier, mais je ne vois pas d'autre lien entre les jeunes filles et l'orfèvre, que la parentèle de celui-ci avec la première d'entre elles.

57

— Si vous le permettez, messires, je vais commencer par la mort de l'orfèvre. C'est la seule erreur commise par notre homme.

— Mais enfin, de qui parlez-vous ? s'insurgea le Commandeur. Et vous pensez que c'est l'un de mes chevaliers ? Un templier courtisant une femme ! Mais vous perdez le sens ! C'est une infamie, il serait chassé de notre ordre !

— Patience, sire, patience. Je sais que votre règle n'autorise aucune relation avec les femmes. J'ai pourtant tout lieu de croire que notre assassin a fait discrètement la cour à ses belles avant de les conduire à la mort. Le vieux Joseph m'a avoué que la jeune fille avait de nombreux prétendants, mais que l'un d'entre eux était son promis. Un promis dont elle avait parlé à mots couverts.

— Mais pourquoi l'aurait-il tuée ?

— Je crois que dans cette salle, une seule personne peut répondre à cette question et cette personne, c'est vous, Commandeur !

— Moi ! Mais vous avez perdu le sens, chevalier ! s'indigna Hugues d'Angers.

— Non pas, mais laissez-moi continuer. Nous ne

savons pas encore pourquoi, mais notre homme tue sa fiancée. Le prévôt ne trouve pas l'assassin, de nouveaux arrivants viennent s'ajouter aux anciens. Et puis, ses pas croisent ceux de la Flamande. Il la séduit, l'entraîne et la laisse plus mutilée encore que sa première victime. Car il est important que nous nous souvenions qu'il est un démon et un fauve, c'est par ce côté de sa nature que nous le pourrons prendre.

Pendant cet échange, Geoffroy n'avait rien dit, il suivait avec attention le monologue du Breton et seuls ses doigts crispés sur la garde de son épée trahissaient sa nervosité.

— Malgré tout, c'est à la mort d'Isabelle que quelque chose change dans son attitude, et qu'il prend peur. Le prévôt jure de châtier le meurtrier. Un moment, je l'avoue, ayant appris que maître Adalard était fiancé à la jeune Flamande, je l'ai soupçonné. Il était âgé, Isabelle avait pris un jeune amant, j'en ai la preuve... Sa jalousie pouvait tout expliquer... Tout, sauf la mort de la fille de l'orfèvre.

Galeran reprit son souffle, jetant un bref coup d'œil à ses interlocuteurs pour s'assurer de leur attention.

— Notre homme décide donc de tuer l'orfèvre. Mais il faut jeter les soupçons sur quelqu'un d'autre et il est intelligent. Il sait l'arrivée du sire d'Orso avec les joyaux, et il s'arrange pour pénétrer dans la boutique alors que celui-ci vient d'en sortir. Avec un sang-froid remarquable, alors que Joseph et moi-même sommes dans la pièce voisine, il tue le vieil homme. À cette heure, la foule était nombreuse sur la Grant'Rue. Il y disparaît vraisemblablement alors que j'arrive. Il a commis deux erreurs : dans son agonie, la victime arrache la chaîne qu'il porte au cou et il n'a pas le temps de chercher sa médaille dans les sciures de métal. Ensuite, il emporte un objet que voici, fit-il en tendant un petit miroir d'étain poli au Commandeur. Comme vous le voyez, il est marqué aux initiales de l'orfèvre, G.G., Guillaume Guiral.

— Mais pourquoi prendre ce miroir alors qu'il aurait pu prendre les joyaux et qu'il ne l'a pas fait ? Et où l'avez-vous trouvé ?

— Nous reviendrons après aux joyaux trouvés dans le four par frère Geoffroy... À mon retour à la Commanderie, je rencontre le sire d'Orso et je le mets en demeure de nous prouver son innocence. Évidemment, il ne le peut. Pour son malheur, il décide donc de se faire enfermer dans sa cellule. Pendant ce temps, l'enquête progresse. Je découvre la vérité sur un homme que je respecte et à qui je dois la vie : frère Geoffroy. Une vérité qui me laisse abasourdi.

Le Commandeur laissa échapper une exclamation. Livide, Geoffroy s'était levé, puis, sur un geste d'Hugues d'Angers, s'était laissé retomber sur son siège.

— Frère Geoffroy, reprit Galeran, sire de Matha, ancien compagnon d'Isembert de Châtelaillon et surtout, le même sire de Matha à qui fut promise la main d'une pucelle, Orengarde, dont il était follement épris bien qu'elle ne fût encore qu'une enfant. Orengarde, sa seule passion. Orengarde, enlevée et souillée par Isembert, alors qu'elle n'avait que douze ans. Orengarde, la femme enfant aux longs cheveux d'or que je rencontrai à l'île de Ré. Orengarde si fragile et toujours à la merci d'Isembert.

— Cessez ! fit Geoffroy d'une voix étouffée, en frappant l'accoudoir de son poing fermé.

— Et je tenais soudain le mobile du meurtre des jeunes filles, continua le chevalier. La seule chose qui reliait les victimes entre elles, hormis la similitude des blessures, était cette magnifique chevelure blonde. Quant à Geoffroy de Matha, il était parti pour l'Orient pour y trouver la mort, et revenu templier à La Rochelle au moment même, je l'ai vérifié, où l'on assassinait sauvagement la fille de l'orfèvre.

— Mais enfin, fit le Commandeur indigné, défendez-vous Geoffroy ! Il n'est pas possible que vous ayez tué ces enfants !

— Pourquoi se défendrait-il ? Je n'ai dit que la vérité et il le sait. Seulement, tout est encore plus compliqué qu'il n'y paraît et c'est là, messire, que vous intervenez, fit le Breton en tendant à Hugues d'Angers, une médaille d'argent. Et c'est là qu'intervient ce singulier petit miroir d'étain. Un miroir sans lequel, sans doute, je me serais égaré et qui, je peux le dire a éclairé ma route. Car enfin, fit le chevalier dont la voix s'était affermie tout au long de son exposé, pourquoi voler un miroir ?

HUITIÈME PARTIE

« Caïn dit à Yahvé : “Ma peine est trop lourde à porter. Vois ! Tu me bannis aujourd’hui du sol fertile, je devrai me cacher loin de ta face et je serai un errant parcourant la terre : mais le premier venu me tuera !”

Yahvé lui répondit : “Aussi bien, si quelqu’un tue Caïn, on le vengera sept fois” et Yahvé mit un signe sur Caïn afin que le premier venu ne le frappât point.

Caïn se retira de la présence de Yahvé et séjourna au pays de Nod, à l’orient d’Éden. »

Genèse 3.

58

— Connaissez-vous cette médaille, sire Commandeur ? Le mot *Vopiscus* y est gravé, et j'ai tout lieu de croire que le meurtrier la portait à son col.

— Non, fit ce dernier, je ne l'ai jamais vue et nous autres templiers ne devons en aucun cas porter des bijoux personnels.

— Je ne sais pas non plus à qui elle appartient, répondit Geoffroy qui semblait s'être repris et que la soudaine assurance du chevalier fascinait.

— Alors, il me faut vous demander, Commandeur, de me dévoiler l'identité d'un jeune homme que vous avez protégé jusqu'à présent, y compris à celui à qui vous avez confié son éducation...

— Protégé ! Mais que voulez-vous...

Le Commandeur s'arrêta, comme s'il comprenait soudain à qui faisait allusion le chevalier :

— C'est ridicule ! Ce n'est qu'un enfant !

— Comme tout ordre religieux, vous avez des registres où sont inscrits les origines de vos templiers, leurs mesnies, leurs promesses...

— C'est exact. Mais si vous pensez à ce jeune homme, c'est impossible ! Il m'a été confié voici deux ans, par sa demi-sœur Hers...

Le Commandeur s'arrêta d'un coup et devint blafard.

— Soit mon raisonnement est bon et l'écuyer de frère Geoffroy ne s'appelle pas Aymon de Saint-Jean, soit...

— Que voulez-vous insinuer ? Et que vient faire mon écuyer dans tout ça ? s'exclama le templier.

— Hélas, votre raisonnement est bon, et les écailles me tombent des yeux, reprit Hugues d'Angers avec lassitude. *Vopiscus*, unique enfant mâle et bâtard d'Orengarde et du sire Isembert III de Châtelaillon. Je ne connais pas cette médaille, mais j'aurais dû me rappeler ce nom inscrit dans mes registres. J'avais choisi d'en faire votre écuyer, frère Geoffroy, sans connaître bien sûr l'histoire qui vous liait à sa mère...

— Il est temps maintenant qu'il nous rejoigne, remarqua Galeran.

— Faites venir Aymon ! ordonna le Commandeur à Geoffroy.

Ce dernier le fixa un moment, s'inclina et sortit sans un mot.

59

— Il n'est nulle part dans l'enclos ! affirma-t-il en revenant dans la salle capitulaire. Mes hommes le cherchent, bien que le portier soit sûr de l'avoir vu ressortir.

— Pourtant j'étais persuadé qu'il était resté dans l'enclos ! fit Galeran en se maudissant pour sa trop grande insouciance. D'autant qu'il était plutôt éreinté par l'affrontement que nous avions mené. Quand j'ai ramassé le miroir à ses pieds après la bataille, j'aurais dû m'assurer de sa personne. Au lieu de cela... Il était venu à mon aide, il était blessé, et je l'ai laissé vous rejoindre.

— Rien ne sert de s'en vouloir, remarqua Geoffroy. Avec toute cette agitation, il a pu sortir sans que ni vous ni moi ne nous en rendions compte.

— Alors il faut le retrouver et vite !

— Mais enfin, chevalier, fit le Commandeur, comment vous, qui n'êtes pas d'ici, avez-vous pu deviner toute cette histoire ?

— Je n'ai pas deviné, messire, et j'ai commis bien des erreurs qu'il faut que je vous confesse. Tout d'abord à cause des joyaux. Aymon me les remit un matin en me disant qu'il les avait volés chez le sire d'Orso.

— Mais, s'exclama Geoffroy, nous les avons trouvés chez l'orfèvre ! Pardon, je les ai trouvés chez l'orfèvre. (Il marqua un temps.) Vous voulez dire que c'est vous qui les avez placés dans le four !

— Je l'avoue, frère Geoffroy, et ce n'était guère intelligent, mais sur le moment, je n'avais pas encore compris qui était Aymon, et je craignais que vous ne le chassiez de l'Ordre du Temple. Par ailleurs, si d'Orso était le coupable, j'étais sûr de pouvoir le prouver. Il était trop orgueilleux. Le plus urgent, pour moi, était que les pierres soient en sûreté entre vos mains. Je vous ai utilisé, frère Geoffroy, et vous en demande merci.

— Pourquoi ne pas m'avoir... Ah oui ! bien sûr, à cause de mon passé ! Vous me soupçonniez déjà, et vous ne pouviez donc vous confier à moi.

Galeran hocha la tête. Il était distrait et en perdait presque le fil de son raisonnement, tant il cherchait désespérément ce qu'avait pu faire l'écuyer en sortant de la Commanderie.

— Serait-il parti pour tuer à nouveau, pourquoi et qui ? Qui ? songeait-il.

Et il se rappela soudain la jeune Bretonne qui s'était adressée à lui, à la porte Neuve, la pucelle aux longues nattes dorées. Pourquoi n'y avait-il pas pensé plus tôt ?

— Aziliz, la Bretonne ! s'exclama-t-il. Où avez-vous placé les femmes, messire Geoffroy ?

— Tout près d'ici, chez la Bertrade, à l'auberge de *La Truie qui file*.

— Si vous pensez qu'il peut s'être rendu là, allez-y, et prenez des hommes avec vous ! ordonna le Commandeur. Je vais envoyer un messager au viguier et au prévôt pour les avertir de tout ceci.

60

La sonnerie aigre du couvre-feu avait retenti depuis longtemps et seuls les lumignons des Mariettes, les petites vierges qui veillaient dans leurs niches de pierre, perçaient la nuit. Attachées à des anneaux, de lourdes chaînes barraient les rues, entravant la course des voleurs.

Il fallut qu'ils tambourinent un bon moment sur la porte close de l'auberge avant qu'un des volets du premier étage ne s'ouvre timidement et qu'une voix ensommeillée ne demande :

— Qui va là ?

Geoffroy leva sa torche afin que l'aubergiste puisse voir son visage, et la croix de sa cape blanche.

— Frère Geoffroy ! Bertrade, ouvrez !

Le volet se referma et bientôt, les deux hommes entendirent glisser les barres de la porte d'entrée. Le battant s'entrouvrit, l'aubergiste jeta un œil prudent, puis rassurée par la vue de la patrouille, ouvrit en grand. Enveloppée dans une mauvaise pelisse de mouton, ses cheveux nattés encadrant un visage aux yeux larmoyants, la grosse Bertrade frissonnait.

— Entrez vite, messire ! Entrez, et ne faites point tant de bruit, il y a des enfants qui dorment.

Geoffroy leva son flambeau, éclairant une salle qui, pour l'heure, ressemblait davantage à un dortoir de fortune qu'à une auberge. Des corps de femmes et d'enfants étaient allongés pêle-mêle sur des litières de paille. Des braises se consumaient dans l'âtre. Un bébé gémissait dans son sommeil. Un petit chien releva la tête et grogna faiblement avant de se rendormir.

— Tout le monde est regroupé dans cette salle ? demanda Geoffroy.

— Oui da, messire.

— Nous cherchons parmi ces gens une jeune fille du nom d'Aziliz, fit Galeran.

— Déjà que je ne parle pas leur langue, alors pensez, savoir leurs noms ! fit la Bertrade en haussant ses épaules grasses.

Réveillée par les coups contre la porte et le bruit des voix, une robuste femme enjamba les corps des dormeuses et s'approcha des chevaliers, s'adressant directement au jeune Breton :

— Je suis la Katik. Je m'occupe de la mère d'Aziliz. Qu'avez-vous fait de la petite ? fit-elle avec rudesse.

— Rien femme. Nous venons la chercher. Où est-elle ?

L'air mauvais, la paysanne mit ses poings sur ses hanches, toisant le chevalier.

— Et vous voulez me faire croire qu'elle n'est pas avec vous ? Alors pourquoi qu'un écuyer est venu la chercher de votre part ? Pour sûr, qu'il venait de votre part, il a même pris votre mantel ! Je ne comprenais rien à ce qu'il disait, mais ça c'était clair.

— Ce n'est pas moi qui l'ai envoyé, Katik.

Les yeux de la femme s'arrondirent :

— Mais qui alors ?

— Il y a longtemps qu'elle est partie avec lui ?

— Ah ouiche, deux bonnes heures au moins. Mais où qu'elle est alors, la p'tiote ? Qu'est-ce que je vais dire à sa mère ?

— Rien pour l'instant, Katik, rien. Nous reviendrons. Tout va bien. Recouchez-vous !

Puis se tournant vers Geoffroy.

— Il est passé avant nous. Mais où peut-il l'avoir emmenée ?

— À cette heure, les portes de la ville sont fermées, il ne peut gagner les marais.

— Il va falloir fouiller chaque rue, chaque maison...

— Vous savez bien que c'est impossible, il faudra au moins attendre le matin.

— Alors elle est perdue ! s'exclama Galeran avec désespoir. Et ça, ce n'est pas possible, pas encore !

— Pas encore ? fit Geoffroy interloqué. Mais que voulez-vous dire ?

Galeran ne répondit pas, il songeait à Morgane, sa Morgane qu'il n'avait pu sauver et une vilaine douleur lui tordit les entrailles. Aziliz avait les mêmes yeux de brume. Elle ne pouvait pas mourir. Il ne fallait pas qu'elle meure.

Ils ressortirent dans la rue, où les sergents et les soldats de la patrouille du Temple les attendaient.

61

Cela faisait un moment maintenant qu'il s'était détourné d'elle, et qu'il contemplait la statue, discourant en petites phrases hachées, dont elle ne comprenait pas le sens. Elle aurait tant voulu, en cet instant, parler sa langue. Elle essaya en vain de libérer ses mains, puis y renonça, trop fascinée par le spectacle qu'il lui offrait.

Au début, Aziliz l'avait suivi aveuglément, puis le couvre-feu avait retenti et il l'avait pressée, la conduisant dans une ruelle sinistre, où rôdaient des chiens errants.

Enfin, il l'avait poussée brusquement dans une masure, refermant la porte derrière eux et ils s'étaient retrouvés serrés l'un contre l'autre. À aucun moment, elle n'avait songé à fuir ou à se débattre. Pourtant son cœur battait fort, alors qu'il la maintenait fermement contre sa poitrine, une main sur sa bouche.

Il était beau avec ses cheveux bouclés qui encadraient son visage, ses yeux ourlés de longs cils, ses lèvres fines. Jamais dans son pays la jeune Bretonne n'avait vu garçon à la peau si blanche, aux traits si féminins que celui-là. Elle se demandait bien pourquoi ils étaient venus là, mais rien ne l'inquiétait encore.

Il avait allumé une bougie de résine aux braises qui rougeoyaient dans le brasero et l'avait approchée de son visage, la contemplant longtemps avant de la ligoter.

Il lui parlait tout en serrant ses liens, et dans ses yeux passait une infinie tendresse, une tendresse qu'elle ne comprenait pas plus que les mots sans suite qu'il prononçait en caressant ses joues.

— Orengarde, Orengarde, répétait-il sans fin. Vas-tu enfin m'aimer ?

Ensuite, toujours avec douceur, il l'avait bâillonnée et abandonnée là, sur le lit de camp, se tournant vers la statue posée au milieu de la pièce.

Et c'est là, étrangement, qu'elle avait pris peur.

En détaillant la statue.

Pourtant elle n'était pas plus grande que le bébé qu'elle représentait. Elle était taillée dans un bois jaunâtre, mais il n'y avait nulle grâce en elle. Le petit corps nu avait la posture raidie d'un gisant, ses traits étaient ceux d'un adulte, et dans la fente de ses yeux, brillait l'éclat froid de deux pierres bleues.

— Enfin, te voilà ! fit Aymon. Nous sommes à nouveau réunis !

Il retourna au lit et sortit de dessous la paille une lame effilée qui fit pousser un gémissement sourd à Aziliz. Il la regarda avec étonnement, comme s'il semblait avoir oublié sa présence, puis son front se plissa, et il contempla à nouveau la lame, passant un doigt sur le fil jusqu'à ce qu'un filet de sang en jaillisse.

62

Malgré la nuit, Geoffroy et Galeran avaient décidé de patrouiller pour retrouver la pucelle. La lueur dansante des torches éclairait les maisons de torchis, repoussant la pénombre.

— Messire, messire ! fit une voix que Galeran reconnut tout de suite comme celle de P'tit Louis.

La silhouette menue avait jailli de la pénombre d'une porte cochère, se plantant devant eux.

— Je sais que c'est le couvre-feu, fit le gamin devant son air courroucé, mais, messire, je vous cherchais !

— Et pourquoi donc ?

— La Quinquin, elle se meurt et elle voudrait vous voir ! fit l'enfant sans reprendre son souffle.

— Où est-elle ?

— Dans sa maison avec l'aveugle, je vous conduis.

— As-tu vu Aymon, l'écuyer de frère Geoffroy ?

— Ah celui-là ! Je voulais vous dire, l'autre jour, c'était lui le promis de l'étrangère. Non, je l'a point vu. Dépêchez-vous, messire, ou vous ne trouverez qu'un cadavre ! La Quinquin, elle va pas durer.

Le chevalier se tourna vers Geoffroy qui ne le laissa pas parler, posant une main sur son épaule :

— Allez, Galeran ! Mes hommes et moi continuons à patrouiller. S'il y a du nouveau, je vous ferai prévenir, je me rappelle où habite la vieille. Et puis, les gens de la prévôté ne vont pas tarder à se joindre à nous.

63

Piétinée par la foule, blessée, épuisée, la Quinquin agonisait sur sa paillasse. Et étrangement, en cet instant, elle semblait avoir recouvré une singulière lucidité.

Elle leva une main décharnée pour faire signe au chevalier de venir près d'elle. De la vermine grouillait sur la couverture qui l'enveloppait et une méchante odeur d'urine empestait l'abri. Sans y prêter attention, le chevalier s'agenouilla et prit sa main dans la sienne.

— Vous êtes pas comme les autres, vous, messire ! remarqua-t-elle avec un pauvre sourire. Savez, tout à l'heure, j'avais plus ma tête, faut me pardonner. Je vous voulais pas de mal.

— Je sais, Quinquin, je sais.

— Il y a bien longtemps, je vous aurais aimé d'amour vrai. J'étais jolie, savez, et plus d'un, même parmi de hauts seigneurs, me voulait mettre dans sa couche.

— Je vous crois.

— Je sais pas même votre nom.

— Galeran, Galeran de Lesneven.

La vieille toussa, crachant un jet de sang dans le linge souillé qu'elle froissait entre ses doigts.

— Galeran... C'est un bien beau nom, allez. Je voulais vous conter, avant qu'y soit trop tard. Je vais mourir. Je crains plus rien, moi. Mais y faut me promettre de faire quelque chose pour lui, fit-elle en montrant l'aveugle qui dormait à même le sol, serrant contre lui son morceau de bois. Il est innocent. Il l'a toujours été.

— Commencez par le début, la Quinquin.

La vieille toussa une nouvelle fois, puis reprit, essoufflée :

— J'étais nourrice au château d'Alion, et mon fils, Jean, avait un atelier où y travaillait le bois.

— Continuez.

— Isembert avait eu une première femme, la mère d'Hersende. À sa mort, il a appris que son ami, le sire de Matha avait une promise de toute beauté et c'est là que tout a commencé. Dès que j'ai vu Orengarde, j'ai su qu'elle était maudite et qu'elle nous serait fatale. Ce n'était qu'une enfant de douze ans et déjà, elle était belle... comme une fée, pas comme une femme. L'Isembert, il en était fou. Elle n'avait pas le temps de se remettre d'une grossesse, qu'il la couvrait à nouveau comme un animal, y respectait même pas ses relevailles. Les filles qui naissaient, soit je les nourrissais, soit c'est le Guillaume Normand qui les emmenait...

— Que venait-il faire là-dedans ? fit Galeran qui avait peur de comprendre.

— Il les noyait, messire, comme on noie les chatons ou bien il les étranglait. Et puis, à quinze ans, Orengarde attendit une nouvelle grossesse, mais je savais bien que celle-là ne serait pas comme les autres. Elle attendait...

— Un garçon.

— Non, messire, des jumeaux. Deux garçons ! C'est alors qu'avec Hersende nous complotâmes d'en sauver au moins un. Jamais Isembert n'avait eu de descendants mâles et il n'en voulait pas. Nous étions sûres que ces deux-là finiraient dans les douves. Orengarde nous supplia de sauver son enfant... Elle refusait de croire qu'elle portait des jumeaux. Que lui était-il passé par la tête ? Je ne sais pas. Toujours est-il, que tout au long de sa grossesse, elle ne parla que de ce fils qu'elle attendait. Et puis, le jour de l'accouchement est venu. Quand l'enfant est sorti, je l'ai posé sur son sein. Elle pleurait de joie, lui parlant, le baisant partout. C'est à ce moment que Guillaume Normand est entré avec Isembert et elle a eu beau supplier, ils le lui ont arraché et le Normand l'a étouffé devant moi avec un oreiller. Et puis, les maudits sont repartis. Quand Orengarde est revenue à elle, elle avait perdu le sens. Le travail a repris et elle a accouché de son deuxième enfant. Plus d'une heure après le premier.

— *Vopiscus*... voilà le pourquoi de ce nom ! Il était vraiment celui qui a survécu.

— Oui, c'est ainsi qu'Hersende l'a nommé, mais je ne sais pas si nous avions eu raison de le sauver. Orengarde ne l'a jamais regardé. Pour elle, son fils était mort et celui-là n'existait pas. C'est là qu'est intervenu mon fils Jean. Orengarde le fit mander près d'elle et lui ordonna de faire une statue de l'enfant mort. Lui donnant pour réaliser les yeux, deux saphirs que lui avait offerts Isembert.

En entendant le nom de cette pierre, Galeran se souvint de ce qu'avait dit le Sicilien : le saphir, la pierre qui recrée l'homme. Serait-il possible qu'Orengarde ait voulu redonner la vie à son enfant par quelque sorcellerie ?

Son attention se reporta sur la vieille Quinquin qui poursuivait son récit.

— Et mon fils, mon pauvre fou de fils a obéi. Nous avons gardé le petit cadavre et quand il a eu fini, nous l'avons enterré au bord du cimetière sur la colline de Pélenerte, à côté du placenta de Vopiscus. Sur chacune des tombes, j'ai planté un rosier. Jean a remis la statue à Orengarde qui l'a cachée dans un lieu connu d'elle seule. Ensuite, à peine quelques mois plus tard, les hommes d'Isembert sont venus chercher mon fils pour le torturer. Le vieux seigneur croyait qu'il courtisait sa femme. Plutôt que de le pendre, il le fit fouetter à mort, puis Guillaume lui perça les yeux avec un fer rougi. Il savait, le monstre, que c'était pour Jean, la pire des punitions. De ce jour, j'ai quitté le château d'Alion et n'y suis plus jamais retournée.

Une quinte de toux déchira la poitrine de la vieille femme. Un flot de sang qu'elle n'essaya pas d'arrêter s'écoula de ses lèvres. Galeran voulut l'aider, elle le repoussa.

— Trop tard... Prenez soin... de Jean !

La tête de la vieille femme retomba sur le côté, elle était morte. Galeran lui ferma les paupières et se redressa.

— Parlez d'une histoire ! fit une petite voix derrière lui. L'avait bien raison d'être folle, la Quinquin !

Galeran ne répondit pas, passant la main dans les cheveux de l'enfant, avant de le pousser dehors. Une fois dans la ruelle, il aspira une grande goulée d'air glacé.

64

— À quoi vous pensez, chevalier ? insista P'tit Louis en le tirant par la manche de son bliaud.

— Je dois retrouver Aymon.

— Ben ça, c'est pas dur ! On peut aller l'attendre chez lui. Y est peut-être.

— Quoi chez lui ! s'exclama Galeran en attrapant le gamin par les épaules et en le soulevant de terre, mais tu m'as dit tout à l'heure que tu ne l'avais point vu !

— Ben oui, c'est vrai, j'a pas menti, protesta l'enfant. Posez-moi ! Vous me faites mal, qu'est-ce qui vous prend ?

— Il me prend que la vie d'une pucelle est en danger et que bientôt nous ne retrouverons que son cadavre mutilé ! Où se cache-t-il ? fit Galeran en le remettant sur ses pieds.

— Je pouvais pas savoir... J'l'ai pas vu depuis la bagarre avec vous sur le champ, insista l'enfant, vexé. Ça n'empêche que je sais où y va dormir des fois. Il a sa tanière comme toutes les bêtes. Si vous vouliez le savoir, y suffisait de me le demander, et c'est pas la peine de me bousculer.

— Bon Dieu, de bon sang de bois, satané gamin !

jura Galeran qui n'y tenait plus. Conduis-moi au lieu de cancaner ! Où est-ce ?

— Oh tout près d'ici, lâcha P'tit Louis, dans la rue de la Taupinerie.

65

— C'est là, tu es sûr ? murmura Galeran en montrant d'un hochement de tête le misérable abri.

— Puisque je vous le dis.

— Il n'y a pas d'autre sortie ?

— Non.

— Bien, reste là, et ne bouge sous aucun prétexte, tu entends ? Si je ne revenais pas, il te faudrait prévenir frère Geoffroy ou Nicolas de Ciré ! ordonna le chevalier à mi-voix.

La mine boudeuse, P'tit Louis se renfonça sous la pénombre d'un auvent, s'accroupissant pour mieux se dissimuler.

Le souffle du chevalier s'était ralenti, comme à chaque fois que le danger était proche, il sentit un grand calme l'envahir. Il sortit son coutel et, après avoir scruté la ruelle, se mit à courir silencieusement.

La lune sortit de derrière les nuages, l'éclairant comme en plein jour. Rien ne bougeait. À travers la mince cloison de planches à laquelle il s'était adossé, se tenaient l'assassin et... Aziliz. Aucun autre bruit que le sifflement du vent et les battements sourds de son cœur.

La porte était entrebâillée. Donnant un grand coup de pied dans le vantail, le chevalier bondit à l'intérieur. Il y faisait noir, mais pas suffisamment pour qu'il ne distingue pas la forme étendue sur le sol.

Un bref regard suffit à le convaincre que l'autre s'était enfui. Il s'approcha de la jeune fille. Elle était ligotée et bâillonnée, mais ne portait aucune blessure apparente et sa poitrine se soulevait lentement. Elle était vivante.

Galeran trancha ses liens et ôta son bâillon.

— Aziliz ! appela-t-il doucement. Aziliz, c'est moi le chevalier de Lesneven !

Elle poussa un gémissement et ouvrit grand les yeux, le fixant avec un air terrorisé.

— Où suis-je ? Que...

— Tout va bien, tout va bien, calmez-vous ! Vous n'êtes pas blessée ?

— Non... je ne crois pas... non, balbutia la petite Bretonne.

— Allez, il faut vous lever, vous ne pouvez rester ici ! fit-il en l'attrapant sous les aisselles et en l'aidant à se remettre sur pied.

Elle vacilla un peu, puis leva vers lui ses yeux clairs.

— Où est-il, messire ?

— Je ne sais pas. Ce que je sais, c'est qu'il faut que nous partions d'ici.

Elle secoua la tête.

— Il était pas méchant, savez, mais il avait perdu le sens. Quand il s'est entaillé la main et qu'il a regardé le sang couler, je me suis évanouie. Et puis, il y avait cette horrible statue. Il lui parlait tout le temps comme à une vraie personne.

— Comment était-elle cette statue ?

— Oh pas plus grosse qu'un enfançon, mais terrible, messire ! Le bois était d'un vilain jaune, et elle avait des yeux glacés. C'est en la voyant que j'ai vraiment eu peur...

Et la jeune fille se mit à sangloter, se laissant aller contre sa poitrine.

— C'est fini, c'est fini ! fit-il en lui caressant les cheveux.

— Ben, qu'est-ce vous faites ? demanda la voix de P'tit Louis qui était venu se planter sur le seuil. Il est où, l'autre ? L'avez tué ou pas ?

— Heureusement que je t'ai dit de ne venir sous aucun prétexte ! explosa Galeran.

— J'voulais pas vous déranger...

— Il s'agit bien de cela ! Tu n'as vu personne s'enfuir ?

— Non.

— Alors, sortons ! Nous allons la conduire à la Prévôté.

— Je pourrais la garder chez moi, pendant que vous essayez de le rattraper.

Le gamin désigna à quelques pas de là, une sorte de tunnel en bois flottés, en galets et en terre appuyé au mur en ruine d'une maison de pierre.

— Je ne vois pas l'entrée.

— Elle est cachée par des épineux de l'autre côté du mur et elle est si petite que personne ne pourrait y pénétrer sauf moi, ou elle. (Le gamin se redressa fièrement.) Personne pensera à venir la chercher là, et je saurai la défendre.

— Ne dis rien de plus, c'est d'accord.

Il se tourna vers la jeune Bretonne, lui expliquant ce que proposait l'enfant.

— Je dois repartir à la poursuite de cet homme, damoiselle. Vous ne craignez rien avec celui-ci. Malgré sa taille, ou plutôt à cause d'elle, il est rusé comme un renard.

La jeune fille avait séché ses larmes. Elle regarda l'enfant et hocha simplement la tête avant de lui emboîter docilement le pas.

66

Aymon courait vers le port, serrant la statue contre sa poitrine. Il avait décidé de retourner à Pélenerte. C'est de là que tout était parti, c'est là que tout finirait.

Ses doigts se crispèrent sans qu'il s'en rende compte sur le bois et il accéléra. La Grande Rive était toute proche. Il entendait le bruit des vagues contre les digues.

Il revoyait la jeune blonde évanouie sur le sol, Orengarde traînée vers sa chambre par Isembert, Hersende avec ses seins lourds, les bras en croix... Hersende sa sœur, sa mère, son amante. Hersende qui l'avait élevé, caché, puis confié aux templiers pour qu'il devienne l'un des leurs. Hersende qui l'aimait d'amour vrai : son Hersende.

Il faillit lâcher la statue, tant les cris de son frère sous son crâne le faisaient souffrir. L'autre se débattait, voulait sortir, voulait à nouveau prendre sa place. Mais cette fois, tout était fini.

— Tais-toi ! Tais-toi ! hurla-t-il. Je suis vivant, vivant ! Et tu es mort et bien mort. Je vais enfin pouvoir tuer ce qui reste de toi. Je déterrerai tes restes et les jetterai à la mer !

Son frère était mort, mort ! Et pourtant, du jour où Hersende lui en avait révélé l'existence, il avait compris la voix qui résonnait en lui depuis toujours.

Ils étaient deux en un seul corps. On avait assassiné son frère, et pourtant, il n'était jamais mort.

Il était comme ces gens qu'on ampute d'une jambe et qui la sentent toujours.

Son frère était là quoi qu'il fasse, ombre sur le sol derrière lui, reflet dans l'eau des mares, visage dans le miroir... Il n'avait jamais vraiment su qui il était. Avait-il seulement existé ? Ou n'était-il que l'écho de ce frère mort ?

Il avait bien essayé d'expliquer ça à Hersende, mais elle disait en lui caressant les cheveux :

— Oublie tout ça, j'ai vu son cadavre. La seule voix que tu dois entendre, c'est la mienne. Je t'aime. Repose-toi.

Et elle le berçait contre son sein, jusqu'à ce qu'il s'endorme et il oubliait tout jusqu'au moment où la voix se faisait à nouveau entendre.

Alors, il partait comme un fou, courant pour lui échapper, nageant jusqu'à l'épuisement contre les lames qui venaient du large et le drossaient sur le rivage, se cognant la tête contre les murs pour faire taire la voix de l'autre.

La poterne menant à la Grande Rive était entrebâillée, il la poussa et déboucha sur le quai. L'air sentait l'algue, la mer était haute, et ses remous agitaient les barques le long des quais. Il y était presque.

Il posa la statue et, attrapant un filin, entreprit de hâler l'une des embarcations. Il n'avait pas vu les marins qui, leurs tridents et leurs filets sur le dos, s'étaient arrêtés en l'apercevant :

— Eh, qu'est-ce tu fais, maraud, c'est ma barque ! gueula l'un d'eux. Les gars, à l'aide ! Y veut nous voler !

— Sus ! fit le second.

— Tue ! répondit le troisième.

Affolé, Aymon tira plus fort sur le cordage, mais déjà, laissant tomber leur matériel, ils étaient sur lui, le frappant de coups de poing et de coups de pied. Il se défendit du mieux qu'il pouvait, mais ils étaient plus forts.

— Cogne ! Cogne ! faisait le plus saoul des trois, encourageant ses compères. Attention ! Il a un coutel.

— Ah, le ladre ! jura l'autre, frappant sur le poignet d'Aymon dont la lame tomba et se brisa sur le dallage.

— Tiens prends ça, coquin ! fit le troisième en lui plantant dans le ventre, le trident qu'il venait de ramasser.

Aymon tomba à genoux. L'homme arracha l'arme d'un coup sec. Le monde s'obscurcit et l'écuyer bascula, une mare de sang s'élargissant autour de lui.

La lune qui jusqu'alors s'était dissimulée dans les nuages éclaira soudain la scène et les pêcheurs se reculèrent en voyant son habit :

— Pauvres de nous autres, c'est un homme du Temple !

— Homme du Temple ou pas, qu'est-ce qu'y faisait à nous voler notre barque ? rétorqua l'autre.

— P'têt bien qui nous volait pas. T'expliqueras ça au prévôt.

— Ça non alors ! Tu crois qu'il est mort ?

Celui qui avait frappé haussa ses larges épaules :

— S'il l'est pas, c'est tout comme, y perd son sang plus vite qu'un cochon. Le Diable va pas tarder à venir le chercher.

C'est à ce moment que les trois hommes aperçurent la statue debout à quelques pas de là. Un singulier reflet brillant dans ses yeux de pierre bleue.

— C'est quoi ça ?

— J'sais pas, fit l'autre en se signant. T'aurais peut-être mieux fait de pas LE nommer.

Et ils déguerpirent alors qu'un homme qui avait entendu l'écho de la bagarre débouchait sur le quai. D'un coup, en voyant les silhouettes qui s'enfuyaient et la forme allongée sur le sol, Galeran comprit qu'il était trop tard.

— Aymon ! Aymon, vous m'entendez ? fit-il en glissant un morceau déchiré de sa chainse contre la terrible blessure. C'est moi, Galeran !

Le jeune homme ouvrit les yeux, la pâleur de la mort envahissait déjà ses traits, ses lèvres viraient au bleu.

— Où... Où est-il ? souffla-t-il.

— Qui, Aymon ? Qui ?

— Mon frère. Là ! fit le jeune homme en montrant la statue. Jetez-le dans la mer... à Pélenerte. Il ne doit pas me survivre. Promettez ! Dites à Hersende que je l'ai...

La tête de l'écuyer bascula sur le côté, il était mort. Le chevalier abaissa les paupières, obscurcissant le regard vitreux du fils d'Isembert III.

— Je le jure, Aymon, murmura Galeran, et je dirai à Hersende combien vous l'avez aimée.

68

Le lendemain matin, à la Commanderie, devant Hugues d'Angers, le viguier, le prévôt et frère Geoffroy, Galeran achevait l'histoire de Vopiscus.

— Et comme le disait mon maître, le chevalier Otium : *De nihilo nihil !* Rien ne vient de rien, conclut-il. Les meurtres de La Rochelle n'étaient que le lointain écho de ceux commis par Isembert au château d'Alion.

Un silence accueillit cette dernière phrase. Le prévôt jeta un regard au viguier.

C'était un homme à la lippe épaisse, aux petits yeux noirs très enfoncés dans les orbites et au corps massif. Il n'avait pas posé une seule question, il avait croisé ses larges mains sur son ventre et, les yeux braqués sur le chevalier, n'avait plus bougé. Il parlait peu, écoutait beaucoup et s'affirmait chaque jour davantage comme le maître de la ville neuve.

— Mais enfin, reprit Geoffroy en s'adressant au chevalier, comment Aymon a-t-il pu vivre sous le toit d'Isembert, sans que celui-ci s'en aperçoive ?

— Hersende a dû le cacher, voire le déguiser en fille tant qu'il n'était qu'un enfant, puis à la reddition du château d'Alion et du donjon de l'Isleau, il faut imaginer qu'elle l'a confié à quelques serviteurs fidèles, avant de le remettre dans les mains du Commandeur.

— Oui, vous avez raison, approuva Hugues d'Angers, il venait du port du Plomb et avait été élevé par des pêcheurs. Cependant, fit le Commandeur dont le regard s'était tourné vers la statue, j'hésite. Devons-nous vraiment nous en débarrasser ?

— J'en ai fait promesse à un mort, messire Commandeur, remarqua simplement le chevalier.

— Soit, soit, votre promesse est sacrée, mais tout de même, il y a dans cette figure quelque chose de singulier qui nous pousserait presque à la conserver.

Tous les regards se braquèrent vers la sculpture de bois jaune. Il y avait dans ces traits creusés d'adulte et dans ce corps d'enfançon une étrange malignité d'expression soulignée par la lueur qui filtrait entre les paupières mi-closes.

Comme s'il en prenait conscience, le Commandeur se détourna, mal à l'aise.

— C'est à cause de ce sentiment-là, messire, remarqua Galeran, qu'il nous faut tenir promesse !

— Il a raison, approuva Geoffroy avec vigueur. *Abeurnontio* ! Chassons le diable ! C'est la malemort qu'elle porte qui nous fascine. Il faut la détruire !

— Je suis d'accord, moi aussi, fit le prévôt.

— Elle sera donc détruite et si vous m'autorisez, messires, répondit Galeran, j'irai à Ré, annoncer à Isembert III et à sa mesnie, la mort d'Aymon.

Le viguier hocha affirmativement la tête.

— Il doit en être ainsi. Nous vous devons merci, chevalier, lâcha-t-il avant de se lever, signifiant que pour sa part, tout était scellé.

69

Dix jours étaient passés depuis la fin tragique d'Aymon. Le visage sombre, Galeran était revenu de l'île de Ré. Les Bretons travaillaient pour l'aumônerie de Saint-Jean et logeaient sur le champ de Guillaume de Ciré, les Flamands s'étaient installés non loin de la Commanderie près de la porte donnant sur le canal de la Verdière. La Rochelle avait retrouvé une relative quiétude.

On annonçait l'arrivée de pèlerins irlandais, et Abou Abdullah ibn Mohammed al Idrisi, descendant du prophète et géographe pour le compte de sa majesté le roi normand Roger II de Sicile, allait partir pour Bordeaux :

— Chevalier ! l'interpella Al Idrisi en l'entraînant vers les écuries. Puis-je vous parler un instant ?

— Avec plaisir, répondit Galeran qui, pendant ces quelques jours, avait goûté la compagnie du géographe et s'était initié au maniement de l'astrolabe.

— Maintenant qu'Ali est remis, je vais rentrer en Sicile. Voulez-vous me faire l'honneur de venir avec moi ? Le roi Roger a besoin d'hommes tels que vous.

— Mais vous savez que je suis venu ici chez les templiers pour...

— Je sais, le coupa brusquement Idrisi en posant sa main sur son bras, pardonnez-moi messire, je sais surtout que vous ne serez jamais l'un des leurs. *Ecce quam bonum et quam jucundum habitare fratres...* Voici qu'il est bon, qu'il est agréable d'habiter tous ensemble en frères. Et c'est vrai... mais pas pour vous, vous êtes un vagant, messire.

— Et vous, un homme d'une grande sagesse, sire Idrisi, répondit le chevalier en s'inclinant. Vous avez raison, je suis un errant et je le resterai. C'est aussi pourquoi je ne puis vous accompagner. Je vais repartir pour la Bretagne, la *finis terrae*, le bout de la terre.

— Je savais que vous me feriez cette réponse, mais j'espérai le contraire. Alors, à défaut, permettez-moi de vous offrir un compagnon d'errance, fit le géographe en flattant l'encolure d'un magnifique destrier bai étoilé au front.

Galeran ne sut que répondre. Le destrier hennit, poussant son museau soyeux vers sa paume, secouant son opulente crinière.

— Dans votre langue, il se nomme Destin. Qu'il vous soit propice, messire, fit l'Arabe en touchant du bout de ses doigts sa poitrine, ses lèvres puis son front. Lui aussi est un buveur de vents, ajouta-t-il. Je vous laisse ensemble. Faites connaissance ! Allah soit avec vous, chevalier !

— Dieu vous bénisse, sire Idrisi.

70

— Ainsi vous allez repartir, déclara Geoffroy. Je m'en doutais. Je crois même que je l'ai toujours su. C'est drôle, je n'ai même pas eu le temps de vous raconter mon histoire, ni vous la vôtre... Et maintenant, il est trop tard. N'importe, vous faisiez un fier compagnon.

Geoffroy étreignit le jeune homme contre sa poitrine et celui-ci sentit l'émotion le gagner.

— À Dieu, Geoffroy, fit-il en se détournant pour monter en selle.

— À Dieu, Galeran.

Destin poussa un long hennissement. Geoffroy leva la main en un dernier geste d'adieu. Il fallait partir, la route serait longue jusqu'à l'Aber Wrac'h.

Il talonna Destin, et partit au galop vers la porte Mallevault. À l'arçon de sa selle était attachée une sacoche renfermant la statue.

En passant à l'aumônerie de Saint-Jean-hors-les-murs, le chevalier s'y arrêta, pénétrant dans la grande cour, jetant un regard à la grange où s'abritaient des malheureux. Frère Itier vint vers lui, un sourire sur sa face lunaire.

— Le bonjour, chevalier.

— Le bonjour, mon frère.

— Vos protégés vont bien. Quoique P'tit Louis me donne du fil à retordre !

— Je n'en doute pas.

— Pour les saphirs que vous m'avez donnés, je les ai vendus et en ai tiré un bon prix.

— Tant mieux, mon frère. Je savais que vous en feriez bon usage, et que vous prendriez soin de P'tit Louis et de Jean. Au fait, comment va-t-il ?

— Aujourd'hui, pour la première fois, il a parlé. Et c'était pour demander un outil afin de travailler le bois. Il revient à lui, lentement, et il s'aperçoit que ses mains peuvent encore créer, même s'il ne voit pas.

Il ne restait plus, songea Galeran, qu'à précipiter la statue dans les flots et à prier pour que Jean redevienne l'homme qu'il avait été.

— Où est P'tit Louis ?

— Il savait pourtant que vous passeriez, mais je ne comprends pas, je ne le vois nulle part.

Le chevalier haussa les épaules.

— Laissez, mon frère, c'est un enfant ! Je dois partir. Peut-être est-ce mieux ainsi.

— Dieu vous bénisse, chevalier !

Dans le foin de la grange, deux yeux restaient braqués sur le cavalier qui s'éloignait. P'tit Louis ne descendit pas, il décocha des coups de poing et de pied dans les bottes de paille avant de s'y laisser tomber, et d'éclater en sanglots rauques.

— « *Quinquin, quincaille,*
Le roi des papillons,
En se faisant la barbe,
S'est coupé le menton.

Uni, une aile,
Des figues nouvelles,
Du raisin doux,
Ti choux... », fredonnait Jean, en taillant avec un coutel, une vieille planche qu'il venait de trouver.

ÉPILOGUE

Galeran posa pied à terre près du cimetière sur la colline de Pélenerte et attacha son destrier aux branches basses d'un arbre mort.

De là où il se tenait, il apercevait la ligne sombre des remparts de Châtelaillon, les tours effondrées et les brèches envahies par les doigts verts du lierre.

En contrebas, dans le port, se balançaient des barques. Sur l'éperon rocheux dominant le havre des bateaux se dressait l'orgueilleux donjon de l'Aigle, séparé du château par des fossés et un pont-levis.

Des moutons erraient sur l'herbe rase de la colline. Le portail de la ville était ouvert, mais personne n'y entrait ni n'en sortait. Les lieux semblaient à l'abandon ou plongés dans un profond sommeil.

L'enclos du cimetière était envahi d'herbes folles, des croix de pierres s'étaient effondrées, la pluie et le sel avaient rongé les inscriptions gravées sur les dalles. Les ailes des mouettes se découpaient sur le noir d'encre du ciel. À ses pieds, l'herbe craquait, ourlée de givre. Galeran regardait ce qui restait de l'impressionnante forteresse d'Isembert, revoyant en pensée la bannière déchirée des seigneurs d'Alion, « *d'azur à un chasteau d'or sommé d'une tour de mesmes à un aigle issante de gueules* » et repensant à sa visite à Ré.

Il n'avait pas revu Orengarde, elle était morte. Le vol de la statue avait été sa condamnation. Elle était tombée devant l'autel vide et quand Hersende l'avait trouvée, son corps était déjà raide et glacé. Il n'avait pas vu non plus Isembert, trop occupé à trousser une servante dont on entendait les clameurs dans tout le camp.

Il avait suivi Hersende le long d'une sente qui menait à l'océan, lui annonçant avec le plus de douceur possible la mort d'Aymon, lui disant ses dernières paroles et son amour pour elle. Elle l'avait regardé sans comprendre. Éprouvait-elle quelque regret de la mort d'Orengarde ? Avait-elle enfin pardonné à celle qui n'avait pas su aimer Aymon ? Elle n'était déjà plus que l'ombre de celle qu'il avait rencontrée. Une ombre qui se débattait dans un cauchemar sans fin. Un cauchemar dont nul, et surtout pas lui, n'arriverait à la sortir.

Alors, il était reparti, attendant dans les dunes le retour de la barque qui le mènerait vers La Rochelle.

C'est là que, deux jours plus tard, il apprit la mort d'Isembert sur le corps d'une pucelle et celle d'Hersende qui s'était suicidée en se jetant dans le vide, du haut du donjon.

À ce souvenir, un goût amer lui emplit à nouveau la bouche, il attrapa la sacoche pendue à l'arçon de sa selle et en sortit la statue qu'il avait lestée de morceaux de plomb.

Elle était moins effrayante ainsi, sans ses pupilles de

pierre, comme si en perdant son regard, elle avait perdu tout pouvoir.

Il marcha jusqu'au bord de la falaise, songeant qu'ici tout avait commencé. La cloche de Saint-Romuald retentit, basse, grave.

Il jeta la statue au loin, le plus fort qu'il put, la regardant s'abîmer dans les flots couleur de rouille.

Tout était dit. Il se remémora les paroles de Dieu à Caïn : « Qu'as-tu fait ? Écoute le sang de ton frère crier vers moi ! » et songea qu'Aymon n'avait jamais vraiment survécu à son frère. Que toute sa vie avait été sous le sceau du sang versé par Isembert.

Il fit demi-tour, remontant en selle, regardant une dernière fois l'orgueilleuse Pélenerte dominant la mer.

Non loin de là où il s'était tenu, poussaient deux rosiers.

L'un, celui de l'enfant assassiné, avait étouffé l'autre, celui de Vopiscus. Mais tous deux, quelques jours plus tard, alors que la grande tempête faisait rage, et que des lames hautes comme les tours d'Alion emportaient des pans entiers de falaise, disparurent dans les flots avec les restes qu'ils recouvraient.

« *Que ceci soit la fin du livre*
mais non la fin de la recherche. »
Bernard de CLAIRVAUX.

Commentaire de l'auteur

En 1154, Abou Abdullah ibn Mohammed al Idrisi, descendant du prophète et géographe pour le compte de sa majesté le roi normand Roger II de Sicile, termina son ouvrage intitulé : *Livre du divertissement de celui qui désire parcourir le monde*. Il mentionna simplement La Rochelle comme « une ville qui dépend du Poitou, peu considérable et située sur les bords de la mer ».

Peu de temps après, Henri Plantagenêt, époux d'Aliénor d'Aquitaine, fit construire sur le champ de Guillaume de Ciré, le puissant château de Vauclerc.

Au XIIIe siècle, on armait des navires royaux dans le havre de La Rochelle, et nul ne s'avisait plus, en passant au large, de ne pas baisser pavillon devant sa citadelle.

Quant à Châtelaillon, bien des siècles furent nécessaires pour emporter ce qui restait de ses murailles. On dit que, même engloutie, la cloche de son église sonnait encore quand la tempête menaçait.

En 1709, la falaise acheva de s'effondrer sous les coups de boutoir de l'océan. L'aigle d'Alion s'abîma dans les flots.

Petit lexique à l'usage du lecteur

ABEURNONTIO : incantation destinée à chasser le diable. Vient du latin *abrenuntio* (je renonce) prononcé par le parrain à la cérémonie du baptême.

AFFÛTIAUX : objets de parure sans valeur.

BLIAUD : tunique longue de laine ou de soie, aux manches courtes dans le Sud et longues dans le Nord, serrée à la taille par une ceinture. Habit de la noblesse ou de la grande bourgeoisie.

BOSSES : bordures des marais salants labourées et semées de fèves, d'orge, ou de gouèse (froment barbu).

BRAIES : caleçon plutôt long et collant au XIIe siècle, retenu à la taille par une courroie.

BROIGNE : justaucorps de grosse toile ou de cuir, ancêtre de la cotte de maille, recouvert de pièces de métal.

BOURGNE : nasse en osier placée dans les écluses pour attraper le poisson.

CAPARAÇON : armure ou harnais dont on équipait les destriers.

CHAINSE : équivalent de la chemise, tunique en toile ou lin à manches fermées.

CHAUSSES : chaussettes en drap, tricot ou laine, parfois munies de semelles de cuir et maintenues par des lanières s'attachant en dessous du genou. Les hauts de chausses étaient l'équivalent de nos bas.

CONCHE : deuxième partie du marais salant divisée en plusieurs enclaves peu profondes où l'eau de mer se réchauffe avant d'être conduite vers un autre bassin où le sel achèvera sa cristallisation.

CORDOUAN : cuir tanné.

DESTRIER : cheval de bataille, il devait son nom au fait que son cavalier le tenait de la main droite pour l'amener au plus près de l'adversaire.

ÉCLUSE : sur les plages de Ré, bassin formé d'un muret de pierres sèches, emprisonnant les poissons à marée descendante.

ESCHETS : ancien nom du jeu des échecs.

FAUDESTEUIL : fauteuil, en général pliant.

GOUPIL : renard.

GOURBEILLE ou GOURBEUILLE : cage d'osier tressé que l'on porte sur le dos pour aller à la pêche.

HARNOIS : désigne tout l'équipement d'un homme de guerre (broigne, épées, lance, bouclier...), mais aussi l'habillement du cheval, voire le mobilier transportable dans les camps.

JAS : premier bassin du marais salant, l'eau y repose pendant plusieurs jours avant d'être acheminée vers la conche.

LUMAT : escargot ou cagouille en Saintonge.

LOUBINE : bar tacheté.

MALEMORT : mort violente et cruelle.

MALINE : grande marée.

MANTEL : manteau semi-circulaire comme une cape, attaché à l'épaule par une agrafe nommée tasseau.

MESNIE : famille, lignée par le sang.

MEUIL : mulet.

MORGAINS ou MARGAINS : anguilles.

MULONS : tas de sel sur les bords des marais salants.

NOUGERAS : chair de la noix.

PALEFROI : cheval de marche ou de parade.

REVERDIE : grande marée en saintongeais.

SART : varech utilisé comme engrais.

TREILLAS : filet de pêche.

VAGANT : errant.

VARAGNE : canal creusé entre la mer et le marais salant.

Les mesures

LIEUE : mesure de distance, environ 4 km.

TOISE : équivaut à 6 pieds, soit près de 2 m.

AUNE : 1,188 m.

PIED : ancienne mesure de longueur, 32,4 cm.

COUDÉE : ancienne mesure, distance séparant le coude de l'extrémité du médius, environ 50 cm.

POUCE : ancienne mesure de longueur, 2,7 cm.

Les heures

MATINES, ou VIGILES : office dit vers 2 heures au Moyen Âge.

LAUDES : office dit avant l'aube.

PRIME : office dit vers 7 heures.

TIERCE : office dit vers 9 heures.

SEXTE : sixième heure du jour, vers midi.

NONE : office dit vers 14 heures.

VÊPRES (du latin « vespéra » : soir) : office dit autrefois vers 17 heures.

COMPLIES : office dit après les vêpres, vers 20 heures, c'est le dernier office du soir.

Ils ont vécu au XIIe siècle

ABOU ABDULLAH IBN MOHAMMED AL IDRISI : (né à Ceuta vers 1099, mort vers 1165), descendant du prophète, il fit ses études à Cordoue puis voyagea en Espagne, en Afrique du Nord, en Asie Mineure, avant de s'établir à la cour du roi normand Roger II de Sicile. Ce dernier le chargea de rédiger une description du monde d'après les observations d'un groupe d'explorateurs placés sous ses ordres. Son livre *Délice de celui qui souhaite visiter les régions du monde* ou *livre de Roger* est un des plus importants travaux de la géographie médiévale.

ALIÉNOR D'AQUITAINE : (1122-1204) fille de Guillaume X d'Aquitaine. Mariée en 1137 à Louis VII, elle en divorce en 1152 pour épouser Henri Plantagenêt dont elle eut huit enfants (dont Richard Cœur de Lion et Jean sans Terre...). Elle finit ses jours à l'abbaye de Fontevrault où elle est enterrée. Aliénor sera l'instigatrice des rôles d'Oléron qui avaient pour but de bannir toutes pratiques telles que le droit d'aubaine lors des naufrages. Ces rôles constitueront la référence lors de l'élaboration des réglementations maritimes ultérieures.

BERNARD DE CLAIRVAUX : (1091-1153) moine à Citeaux en 1112, premier abbé de Clairvaux en 1115, il prêche la seconde croisade à Vézelay en 1146.

EBLE DE MAULÉON : fils de Rivaille et de Raoul de Mauléon, neveu d'Isembert III. Louis VII lui restituera une partie de son héritage.

GEOFFROY DE ROCHEFORT : époux d'Empérie, beau-frère d'Isembert III, Louis VII, roi de France, lui restituera une partie de l'héritage de sa femme.

GUILLAUME GARDRAD : évêque de Saintes (1127-1142).

GUILLAUME GUIDAUGIER : précepteur du Temple en Aquitaine aux alentours de 1141. Le précepteur d'Aquitaine séjournait à Poitiers quand il ne se déplaçait pas dans ses différentes maisons. Il administrait un vaste territoire (comprenant le Bordelais, la Saintonge, l'Aunis, l'Angoumois, le Poitou, la Touraine, l'Anjou, le Maine et la Bretagne).

ISEMBERT III DE CHÂTELAILLON : fils de Eble II et d'Yvette, fille de Hugues de la Motte. Il eut trois sœurs, Marguerite, Empérie et Rivaille et un frère Guillaume. Il domine une partie de l'Aunis et tient l'île de Ré. Son port est le débouché des vins de Saintonge et du sel d'Aunis. Vassal et rival du duc d'Aquitaine Guillaume X. Trois mois de siège (du 11 août aux jours précédant l'Avent) réduisent la résistance de Châtelaillon. Il se réfugie dans son château de l'Ileau et tient un siège d'un an avant de se retirer fin 1131, à l'île de Ré. Les Aquitains détruisent Châtelaillon et vont le remplacer par une ville neuve : La Rochelle. Sans descendance.

LOUIS VII : (1120-1180) roi de France, sacré à Reims le 25 octobre 1131. Marié en 1137 à Aliénor d'Aquitaine. Participe avec sa femme à la seconde croisade. Divorcé en 1152, il se remarie avec Constance de Castille ; veuf, il épouse Adèle de Champagne, mère de Philippe II Auguste.

SALDEBREUIL DE SANZAY : connétable d'Aquitaine, Aliénor l'appelait son « sénéchal ».

Bibliographie

Géographie historique des côtes charentaises, Auguste Pawlowski, Éditions Le Croît vif, Collection documentaires.

La Charente-Maritime. L'Aunis et la Saintonge des origines à nos jours, Collectif. Éditions Bordessoules.

La Rochelle aux XIIe *et* XIIIe *siècles*, Robert Favreau, Conférence du 16 octobre 1992.

La Seigneurie de Laleu, Saumoneau, Éditions Rupella.

Les Templiers de La Rochelle, Jean-Claude Bonnin, La Rochelle, 1999.

Les Templiers et leurs commanderies en Aunis, Saintonge, Angoumois. 1139-1312, Rumeur des âges, 1983.

État et Colonisation au Moyen Âge, direction Michel Balard, la Manufacture 1989.

La Seigneurie de Châtelaillon (969-1427), Thèse L. Bruhat, 1901.

Petite Histoire de l'île de Ré, Michel Delafosse, Éditions Rupella, 1991.

Les Origines de La Rochelle, Jean Nappée, Rumeur des âges.

Mythologie de Charente-maritime, Aurore Lamontellerie, Éditions Le Croît vif, Collection documentaires.

Les Ordres monastiques, Jacques Dubois, Que sais-je ?, PUF.

Les Templiers, Régine Pernoud, PUF.

Pèlerins du Moyen Âge, Raymond Oursel, Fayard.

Les Empires normands d'Orient, Pierre Aubé, Pluriel.

De l'or et des épices, Jean Favier, Pluriel.

La Navigation à travers les Âges, Robert de Loture, Payot.

Voyager au Moyen Âge, Jean Verdon, Perrin.

Retrouvez les autres aventures de Galeran de Lesneven aux Éditions du Masque [1]

Bleu sang

En 1134, un incendie a ravagé la bonne ville de Chartres. Les causes du désastre — ou leurs auteurs — n'ont jamais été découvertes.

Mais dix ans plus tard, Galeran de Lesneven, jeune chevalier breton et fin lettré, soupçonne le criminel de toujours hanter les lieux du sinistre.

Alors que des centaines d'ouvriers édifient la grande cathédrale à la gloire de Dieu, Galeran fait connaissance avec l'enfer dans les bas-fonds de la ville, où écorcheurs, prostituées et assassins se livrent une bataille sans merci.

Labyrinthes n° 3

Noir roman

Près de la forêt de Brocéliande, la disparition d'enfants, que l'on retrouve morts sans cause apparente, provoque l'émoi dans toute la région. Légendes celtes,

1. Pour connaître les titres disponibles, renseignez-vous chez votre libraire.

loup-garous et fées ressortent pour l'occasion lors des veillées.

Et l'on soupçonne le seigneur du lieu de se livrer à de sombres cérémonies en compagnie de ces enfançons... S'il ne veut pas définitivement perdre toute autorité sur ses paysans, il doit faire la preuve de son innocence.

Galeran de Lesneven, appelé au secours par ce seigneur qui lui a jadis sauvé la vie, entreprend la quête de la vérité.

Labyrinthes n° 9

ROUGE SOMBRE

En ce début de septembre 1145, de sombres rumeurs planent sur l'abbaye de Jumièges : l'autorité de l'abbé Eustache laisserait à désirer, et le sacristain s'égarerait dans la luxure.

Ne pouvant se permettre de laisser courir de tels bruits sur l'Église, l'évêque de Lisieux y dépêche alors un de ses émissaires, le frère Odon, et demande au chevalier Galeran de Lesneven de l'escorter jusqu'au monastère.

Mais lorsqu'une jeune fille est retrouvée déchiquetée, Galeran décide de prolonger son séjour à Jumièges ; le protégé de l'évêque pourrait bien avoir besoin de ses services s'il veut espérer survivre à sa mission...

Labyrinthes n° 17

BLANC CHEMIN

La Mauresque l'a prédit : « Prends garde à toi, chevalier ! Tu marcheras sur un blanc chemin et les étoiles dans le ciel seront tachées de sang ! Souviens-toi... »

Les cloches de la grand-messe pascale résonnaient

encore que des milliers de pèlerins quittent la bonne ville du Puy pour cheminer vers Saint-Jacques-de-Compostelle.

Entre chien et loup, comme les démons auxquels il ressemble, l'assassin frappe une première fois, puis une seconde, puis...

Se mêlant aux Jacquets, le chevalier Galeran de Lesneven se lance sur sa piste, ne pouvant imaginer ce qui l'attend au bout de ce singulier pèlerinage...

Labyrinthes n° 28

JAUNE SABLE

Tandis que s'élèvent de lugubres incantations et que brûlent les feux trompeurs, des navires disparaissent, aux cales chargées d'ambre, de tissus précieux, de fourrures et de sel.

Des hommes sont sauvagement massacrés, des innocents torturés... la peur et la haine se répandent aux confins du duché d'Aquitaine.

De Blaye jusqu'à Talmont, le chevalier Galeran de Lesneven devra affronter seul les périls d'une contrée étrange, où se mêlent les mystères du dragon et du grand fleuve, les rites des sorcières et la férocité des naufrageurs...

Labyrinthes n° 37

VERT-DE-GRIS

En cette année 1154, la foire de Provins bat son plein. Épices aux mille parfums, cuirs de Cordoue, étoffes de Sicile, de Byzance ou de Bagdad ornent les étals des marchands. Mais ce qui fait la richesse de la ville ne ferait-il pas également son malheur ?

Pendaisons, trafic d'esclaves, monnaie noire, massacre dans une maison close... Le chevalier Galeran de Lesneven devra affronter bien des périls, dont le moindre n'est pas la mort « souriante », pour trouver le terrible secret que tous veulent posséder, et qui coûte plus que la vie des hommes qui le convoitent...

Labyrinthes n° 49

LA COULEUR DE L'ARCHANGE

« Ils étaient quatre compagnons. Ils n'éprouvaient aucune appréhension, nul mauvais pressentiment et ils auraient sans doute beaucoup ri, si on leur avait annoncé que trois d'entre eux allaient mourir ! »

Ainsi commence, en cette année 1133, une sanglante chasse à l'homme qui mènera Galeran de Lesneven de l'Aber Wrac'h, en pays d'Armor, jusqu'à la Normandie.

Et c'est au cœur de l'abbaye fameuse du Mont-Saint-Michel, dans les sables de la baie, que se poursuivra son parcours initiatique et que, devenu chevalier, sa quête lui apparaîtra dans le sang et les passions des hommes...

Grand format et *Labyrinthes n° 100*

LES OISEAUX DE RHIANNON

Un mystérieux assassin qui tresse des couronnes de fleurs pour ses victimes, un cadavre égorgé, un autre défiguré, une croix qui brûle sur le causse, des routiers qui mettent l'Occitanie à feu et à sang...

Autant d'énigmes et de combats que devra mener Galeran de Lesneven pour faire jaillir la vérité et remonter jusqu'aux racines du mal.

Pendant que trobairitz et nobles dames se disputent le pouvoir des mots, que les seigneurs parlent de fin'amor, le chemin de notre chevalier croisera celui des Cathares. Ces singuliers pèlerins venus de la Mer Noire et de Dragovitie, proclamant que le monde est la proie du Diable.

Grand format

DU MÊME AUTEUR

Collection Labyrinthes

BLEU SANG

NOIR ROMAN

ROUGE SOMBRE

BLANC CHEMIN

JAUNE SABLE

VERT-DE-GRIS

En grand format

LA COULEUR DE L'ARCHANGE

LES OISEAUX DE RHIANNON

ILIANDAY

Collection Noires Racines

INTRAMUROS

Composition réalisée par NORD COMPO

IMPRIMÉ EN ESPAGNE PAR LIBERDUPLEX
Barcelone
Dépôt légal Édit. : 41525-02/2004
LIBRAIRIE GÉNÉRALE FRANÇAISE - 43, quai de Grenelle - 75015 Paris
ISBN : 2-253-09038-7

30/1724/1